가족수첩

정길연

청소년
현대문학선 039

가족 수첩

···

청소년 판을 내면서

이 책에 들어갈 여섯 편의 글을 추려 놓고 보니 새삼스럽군요. 미리 염두에 두고 그런 것처럼 내가 살아온 삶의 자취들이 유난히 많이 녹아 있는 글들만 추려 낸 셈이 되었기 때문입니다.

「눌이」는 그림 공부를 하고 있는 내 아들의 이야기이고, 「수련」은 어릴 적 살던 동네를 떠난 후로 한 번도 다시 만난 적 없는 친구의 이야기이지요. 「가족 수첩」에는 어느 날 갑자기 일상의 뿌리가 흔들려 버린 내 가족의 아픔이 배어 있으며, 「과녁」에는 아직 중학생 소녀 시절의 불안정하면서도 예민한 정서가 바탕에 깔려 있습니다. 「얼음 바위」는 내 생의 가장 아름다웠던 한 해 홀로 찾던 절 집을 훗날 어린 아들과 함께 찾아가면서 겪는 시행착오에 관한 글입니다. 그해 나는 열일곱 살이었고, 학교를 쉬고 있었지요. 그리고 「쇠꽃」은 서로 다른 세계에 속한 내 주변 사람들의 대조적인 삶을 한자리에 옮겨 본 것이고요.

작가가 자신의 경험을 쓴다고 해서 그것이 꼭 작가 개인에게 국한된 사건일 수는 없습니다. 작가 자신이 속한 시간과 공간이란 무대는 동시대의 모든 이들이 공유하는 3차원이기도 한 것이니까요. 어쩌면 작가란

시대를 대변하는 배우가 되기로 스스로 작정한 존재일지도 모르겠어요.

　그러므로 결국 소설은 '삶'의 이야기입니다. 현실에서도 간혹 일어나거나, 혹은 얼마든지 일어날 법한 이야기를 소설이란 형식의 글로 풀어내는 것이지요. 현실을 모티프로 하되, 현실 그대로 그려 내지 않는 것은 궁극적으로 소설이 상상력에 의한 예술인 까닭입니다. 여러분도 알다시피 예술이란 육체의 눈으로는 결코 볼 수 없는 것까지를 보아 내는 것이지요. 마음의 눈, 영혼의 눈으로 인간과 자연의 본질을 꿰뚫고 그 심연을 들여다보는 것!

　이렇게 쓰고 나니 꼭 소설이란 무엇인가, 하는 재미없는 수업이 되어 버린 것 같습니다. 실은 소설을 통해 인간에 대한 이해와 세상에 대한 깊은 인식의 눈을 가져 보라는 말을 전하고 싶었는데요. 참, 열일곱 살 전후에 읽은 책들이 내 인생의 진정한 스승이 되었다는 사실도 말해 주고 싶고요.

2007년 9월

정 김인연

차례 가족 수첩

수련

하나

골목 안, 길에서 서너 계단쯤 터를 낮게 다진 집.

파란 대문을 들어서면, 오른편으로 커다란 가죽나무 한 그루가 우뚝 서 있고, 왼편으론 대추나무와 석류나무와 박태기나무가 나란히, 고단하고 어정쩡한 자세로 담벼락에 기대다시피 서 있다.

대추나무와 석류나무와 박태기나무는 하나같이 왜왜 틀어진 모양새들인지라, 누렇게 뜬 대파 다발을 흙 속에 아무렇게나 꽂아 둔 것 같기도 하다. 그에 비해 등치가 곧고 실한 가죽나무는 담장 위로 한껏 치솟은 데다 가지가지마다에 달린 잎사귀들도 무성해서, 나무 뒤쪽의 안뜰 겸 채소밭을 다 가리고 있다.

동네 사람들은 그 집을 가죽나무집이라고 부른다.

골목 안 가죽나무집. 그 집에 내가 산다. 내 이름은 수련이다.

이 이름을 지어 준 사람은 아버지다. 실은 잘 모르겠다. 아버지에게 오기 전 이미 이 이름으로 불렸을 수도 있으니까.

그렇다. 나는 사람들이 수군거리는 대로, 뭐 들어도 대수냐는 듯 멋대로들 나불거리는 대로, 오래된 가죽나무집의 자연 발생적 구성원이 아니다. 다시 말해 인위적인 상황에 떼밀리듯 합류한 존재다. 이를테면 무자식을 면하기 위해 약간의 수를 써서 데려온 입양아라든가, 누군가 탯줄을 끊자마자 포대기에 둘둘 말아서 이른 새벽 파란 대문 앞에 내다 버린 업둥이라든가, 혹은 아버지, 어머니가 작금의 가정을 꾸리기 전 파탄을 냈던 먼젓번 가정에서 자동으로 딸려 온 아이라든가, 하는 식으로.

글쎄다. 그중 나은 건 차라리 '문간에 버려진 아이'가 아닐는지. 내 생의 모든 버림받음을 운명적 필연으로 돌릴 수 있을 테니까.

그러나 결국은 그게 그거다. 부모의 의지에 따라 얻어 들였더라도 유전자의 숙명이란 게 있다면 피해 가기 어려웠으리라. 왔던 곳으로 되돌려지거나, 낯선 곳에서 따돌려지거나, 필경은 그랬겠지. 드물게 화창한 날을 빼고 나면 인생의 대부분이 흐리거나 비죽죽 긋거나 눈발 날리는 날들인 것처럼, 용케 예쁜 짓을 하거나 집안 살림을 잘 거들거나 해서 밥값을 하지 못하면 그 즉시 눈엣가시가 되고 마는 것이 데려온 식솔의 운명인 것이니까.

집에서고 학교에서고 동네에서고, 나는 대체로 조용히 지낸다. 돈을 훔친다거나, 잘난 척하는 아이의 얼굴을 손톱으로 긁어 놓는다거나 하는 소란스러운 짓은, 마음뿐이다. 손을 뻗고 싶은 욕구가 목젖까지 깔딱깔딱 차올라서 오줌을 지린 적은 있다. 딱히 탐이 나서라기보다 물건의 주인이 상실로 고통스러워하는 모습이 보고 싶은 나머지.

내 눈에도 그러하고 다른 사람의 눈에도 그러한데, 나는 엄마나 아버지를 닮지 않았다. 더하여 특별히 못생기지도 눈에 띄게 예쁘지도 않다. 얽은 데도 없고 소아마비를 앓지도 않았다. 그럼에도 불구하고 나는 늘, 무슨 말인가를 듣는, 유별난 존재다. '근본'이 없다는 게 근본적인 이유인데, 설마, 내가 씨앗도 밭도 없이 하늘에서 뚝 떨어지기야 했으려고. 그리고 그건 내 잘못이 아니다.

학교 성적은 딱하게도 별로다. 우선은 취미가 없고, 다음으론 한다고 해도 위로 한두 칸 간신히 올라서거나 아래로 푹 꺼지지 않을 따름이다. 그림이나 공작은 젬병이고, 노래나 춤은 그럭저럭 평균은 간다. 우리 집 형편에, 더군다나 자연 발생적 구성원이 아닌 마당에 악기는 언감생심이다. 하지만 내 또래 다른 아이들이 모르는 것을 많이 알고 있다고, 감히, 자부한다.

상식이 풍부하다는 것이 어째서 되바라지다는 의미로 전환되는지 알 수 없다. 무엇보다 나를 통해 그 누구에게서도 얻어들을 수 없는 생생하고 유익한 정보를 얻어 가거나 야시시한 궁금증을 풀고 간 아이들조차 나를 그렇게 단칼에 매도해 버리는 것은, 괘씸한 행태이기도 하거니와, 상당히 부당하다는 생각이 든다.

그중에서도 연희가 그러는 건 부당하다는 수준을 넘어 억장이 무너질 일이다. 왜냐하면 내가 보기엔 연희야말로 애초에 볼 장 다 본 애가 틀림없으니까. 침이라도 질질 흘릴 것 같은 바보스러운 표정으로 순진함을 가장하지만, 어림 반 푼, 내 눈은 못 속인다. 이담에 또 그러다 걸리면 손톱으로 면상을 확 긁어 놓거나, 내가 알고 있는 비밀을 폭로해 버릴 테다.

연희 부모는 31번 버스 종점 앞에서 국밥 장사를 한다. 말이 밥집이지, 밤에는 술을 파니 술집이기도 하다. 비좁고 구저분하고 음식 맛이 썩 훌륭하지 않은데도 손님은 항시 끓는 편이다. 밥값이 만만한 데다, 인근에 마땅히 사 먹을 만한 곳이 없기 때문이다. 이튿날 첫차 운행을 위해 종점 숙직실에서 밤을 새워야 하는 버스기사나 차장, 기름때 전 작업복 차림의 정비공들이 단골로 들락거린다.

참, 연희네 안채에서 방 한 칸을 월세로 사는 노총각(총각은 무슨, 홀아비인 게지) 용배 씨도 달아 놓고 고춧물 밴 탁자에서 늦은 저녁을 먹는다. 까치집 서너 채 얹은 머리통을, 머리통 딱 반절 크기인 국밥 뚝배기에 처넣을 만큼 급하게 숟가락을 퍼 나르곤 해서 볼 때마다 혀를 차게 된다. 쯧쯧.

밤에는 막차 버스에서 내린 승객이 선 자리에서 대포 한잔을 걸치고 가기도 한다. 그런 사람은 으레 으슥한 골목 어귀에서 주섬

12

주섬 바지 앞섶을 끌러 물총을 발사한 다음, 어둠 속으로 비틀비틀 사라진다. 이 풍진 세상 어쩌고 하는 청승맞고도 늘어지는 노랫가락을 꼬리로 남기고. 밤이면 공중변소로 변하는 시멘트 담벼락에다 연희 아버지는 커다란 가위를 그리고, 무지막지한 경고문을 써 놓았다.

소변 금지. 여게다 오줌 싸는 사람은 자지를 짤라 뿐다.

소용없다. 진짜로 누군가 자지를 잘렸다는 소문이라도 돌면 모를까. 웅달진 데다 담벼락을 타고 흘러내린 오줌 때문에 그 부근은 늘 질척거린다. 담장 아랫부분은 곧장 내리꽂힌 오줌 줄기로 인해 낙숫물 지는 처마 밑처럼 흙이 패었을 정도다. 날씨가 꾸무럭하면 지린내가 등천을 해서 숨을 멈추고 지나다녀야 한다.

연희는 젖가슴이 크다. 구포극장 매표원인 글래머 박 양 저리 가라다. 연희의 꿈은 얼른 키가 커서 버스 차장이 되는 것이다. 내 생각에는 가슴이 불룩해지면 키는 더 이상 자라지 않는 것 같다. 그리고, 차 문에 매달려 있다가 기사가 핸들을 팍 꺾어 급커브를 그리는 순간 입구에 쏠려 있는 승객들을 안으로 밀어 넣으려면 멀대같이 큰 키보다 웅대하고 튼튼한 가슴이 유리하지 않을까 싶은데.

연희는 간혹 우리 집에 놀러 와서도 방문을 버스 문짝 삼아 탕탕 두들기며 목청 높여 외치곤 한다.

오라이, 오라잇!

아둔하고 덜렁대는 성격이라 우리 집 안방에 아버지가 있거나 말거나 아랑곳하지 않는다. 하긴 아버지는 외출이라곤 거의 하지 않은 채 안방에만 틀어박혀 있기 때문에 나도 연희도 아버지가 집에 있다는 사실을 곧잘 잊어먹는다.

연희와 자주 놀기는 하지만 딱히 친하다거나 사이가 좋다고 말하고 싶지는 않다. 그것은 연희 쪽에서도 마찬가지일 것이다. 나야 온 동네가 공공연히 수군거리는 존재로서 어른들의 편견과 선입견에서 비롯된 암묵적 협박이 통해서라고 치자. 근데 후줄근한 대로 종점 식당의 하자 없는 구성원인 연희는 또 왜 나처럼 흔쾌히 놀아 주는 친구 하나 없는 신세가 되었는지 모를 일이다.

그러니까 우리 둘은 때때로, 마지못해, 함께 노는 그런 사이라는 말이다. 그렇더라도 연대감을 강화하지도, 둘만의 공동 전선을 펼치지도 않는다. 나부터도 적절한 기회가 오면 등을 싹 돌릴 작정이다. 그나마 연희라도 건너오지 않으면 허구한 날 혼자 멀뚱거려야 하는 까닭에 우선은 참는다. 나보다 더 공부도 달리는 주제면서 간간 나를 싹 무시하는 연희를 붙여 놓을 수밖에 없는 것이다. 졸렬하고 던적스러운 감이 있지만.

궁하면 통한다던가, 쥐구멍에도 볕 들 날이 있다던가. 내 신세를 쥐구멍에 빗댄다는 게 어쩐지 떨떠름하지만 어차피 크게 틀린 말도 아니다. 쥐띠 해에 태어난 게—태어나서 가죽나무집으로 들여진 게—분명한 사실이고, 시궁쥐처럼 안팎의 천덕꾸러기로 전락할지도 모른다는 위기감으로 노심초사하고 있는 것 또한 엄중한 현실이니.

아무튼, 내 열악한 우정의 판도를 왈칵 뒤엎어 놓을 지각 변동이 최근 일어났다. 고만고만한 나날이 따분하게 이어지던 어느날, 하얀 습자지로 싼 고급 양과자처럼 평생 번지수가 다를 것 같던 그 아이가 제 발로 우리의 세계를 찾은 것이다.

둘

한 두어 번쯤 그 아이와 섞여 놀았던 기억이 있다. 대보름날이나 추석날 같은 명절이었지 싶다. 환이네 만화 가게에서 두세 차례 마주쳤던 기억도 있다. 나는 만화 볼 돈도 궁한 판인데, 그 아이는 자주 계산대 근처에 쌓아 놓은 군것질거리를 질겅거리거나 쪽쪽 빨아 댔다. 쫄쫄이 고무줄 과자나 비닐에 든 달콤한 색소 물 따위를.

그뿐인가. 나는 그 아이의 이름이 뭔지도 알고 우리가 비슷한 나이인 것도 안다. 아이가 다니는 학교, 병아리 색 교복, 사는 집, 심지어 그 집이 어떤 집인지도 훤히 꿰고 있다. 관심이 있어서가 아니라 한 동네에 살다 보니 저절로 알게 된 사소하고 잡다한 정보들이다.

그러나 그것만으로 그 아이를 잘 안다고도, 친하다고도 말할 수 없다. 어쩐지 그렇게 말해 버리기엔 석연찮은 무엇인가가, 확실히 그런 무엇인가가, 가로놓인 것 같은 느낌······ 이랄까. 투명하지만 넘나들 수 없는 유리판 이쪽과 저쪽의, 나와 그 아이. 치사한 부러움. 희미한 적대감. 그런 아니꼬운 기분일 때 나는 침을 찍 뱉으며 중얼거리곤 한다.

아아, 재수 없어.

그 아이의 처지는 나와 다르다. 엄연히 친부모와 친동생들이 있는 연희와도 다르다. 좀 다른 정도가 아니라 엄청 층이 지게 다르다. 그 아이는 시내의 사립학교에 다니고 있고, 언니와 오빠 외에도 친절하게 대해 주는 어른들에 둘러싸여 있다. 그건 순전히 아이의 어머니가 그들의 사장님이기 때문이다. 세상의 어떤 어른이 이유 없이 조그만 아이에게 굽실거린단 말인가.

아버지 역시 내게 친절하게 굴 땐 다 원하는 게 있어서다. 원하는 걸 채우고 나면 이내 불만에 찬 아버지로 돌아가고 말지만. 그래서 나는 이따금 심각한 고민에 빠지곤 한다. 나는, 친절한 아버지가 좋은가? 아니면, 이것저것 시키지 않아도 척척 알아서 집안일을 잘 해내지 못한다고, 매일 늦게 귀가하는 엄마한테도 하지 않는 잔소리를 내게 퍼붓는 아버지가 나은가? 이런, 이야기가 딴 데로 샜다.

그나저나 여사장이라. 우리 엄마가 하야리야 미군 부대에서 흘러나온 화장품이나 통조림 등속을 팔러 다니는 보따리장수인 것에 비하면 여간 높은 사람인 게 아니다. 우리 아버지란 위인은 두

문불출, 라디오를 듣거나 글씨가 빼곡한 책을 읽으며 방구석에서 시간을 죽이는 사람이다. 폐가 좋지 않아서,라고 하는데 내가 보기엔 그저 핑계인 듯싶다.

그건 그렇고, 어느 날. 한동네에 살아도 대개는 멀찍이서 눈으로만 스칠 뿐인 그 아이를 학교에서 보게 될 줄이야. 그것도 우리 반 교실에서.

병아리 색 세일러복 대신 체크무늬 원피스 차림인 아이는 교단 위 담임선생님 옆에 바짝 붙어 서서 우리 반 60여 명 전원의 시선을 옹골차게 받아 내고 있다. 수줍은 듯 당돌한 눈빛에는 낯선 존재에 대한 두려움이 조금도 깃들어 있지 않다. 제 배경의 힘을 믿어 의심치 않는 오만한 눈빛이다. 그리하여 그 아이는 막 전학을 온 학생답지 않게 그 자리에서 반 전체를, 최소한 3분의 2쯤의 호기심 어린 눈망울들을 장악하는 신고식을 치르는 중이다.

나로 말할 것 같으면, 얼떨떨한 표정으로 그 아이를 올려다보고 있지만, 속으로는 그 아이의 출현이 반 아이들에게 끼칠 파장을 명확하게 이해하고 있는 유일한 존재다. 동경과 질시, 신속한 투항과 악의적 음해, 암암리에 교실을 지배하고 있던 권력의 재편성, 기타 등등. 나는 그동안 반 아이들의 정신세계를 지배해 온 봉희를 흘깃 돌아다보았다. 아니나 다를까, 봉희는 거의 노려본다고 할 만큼 뜨겁고 날카로운 시선을 그 아이에게 꽂고 있다.

……잘 지내기 바란다. 자, 누구 옆에 앉을까?

소개와 당부를 마친 담임선생님이 아이들을 둘러보는 동안 그 아이와 내 눈이 딱 마주친다. 반짝. 그렇다. 나를 알아본 그 아이의 눈이 반짝, 빛난다. 곧이어 놀라움과 반가움과 안도감이 아이의 눈 속에서 차례로 지나간다. 그 많은 걸 한눈에 어찌 알아채느냐고? 누구라도 나처럼 인생이 고달픈 입장에 처해 있으면 그만한 눈치쯤 절로 숙련이 되리라는 걸 이해하리라.

그 아이가 담임의 귀에다 대고 무슨 말인가를 속닥거린다. 우리 모두가 까다롭고 엄격하다고 느끼는 선생님의 귀를 끌어내릴 수 있다니. 담임을 대하는 아이의 스스럼없는 태도가 나를 포함한 반 아이들을 더 당혹스럽게 한다. 그만하면 첫 번째 쉬는 시간이 되기도 전에, 건방지다느니 밥맛이라느니 아니꼽다느니 하는 쪽지가 선생님 몰래 책상과 책상 사이를 건너다니리라. 점심시간쯤에는 둘씩 셋씩 근거 불명의 소문과 부풀린 험담들을 주고받을 테고.

누구도 그 아이의 귀에 직접 대고 그런 말을 전할 리는 없지만, 결국엔 아이도 자신을 둘러싼 온갖 유언비어들을 두루 접하게 될 것이다. 소문의 유통과 확산에 동참한 아이들은 희열과 죄책감을 동시에 경험하게 될 것이지만, 그 모든 유치찬란한 흠집 내기가 지극히 단순한 질투심에서 비롯되었다는 건 끝내 인정하지 않을 것이다.

흥미로운 예상은, 봉희 진영에서 암암히 진행될 이면의 폄훼 공작에도 불구하고 그 아이의 위상은 털끝만큼도 손상을 입지 않으리라는 점이다(과연 그럴까?). 그 아이는 우리가 가지지 못한 많은 것을 가지고 있다. 그 많은 것들이 무너뜨릴 수 없는 자산이자 강력하고도 영예로운 후광으로 작용하는 이상, 아이는 난공불락의 성채나 다름없으리라.

담임이 내 옆에 앉아 있던 급우를 먼저 일으켜 세운다.

정미가 진화 옆으로 자리를 옮기는 게 좋겠다. 새로 전학 온 친구가 수련이를 안다고 하니 적응하는 데 도움이 되리라 싶구나.

나를, 안다고? 무지 기쁘다. 솔직히, 거의 감격 시대 수준이다. 그 아이가 나를 지목하다니. 짝꿍인 정미 년조차 점심시간이면 도시락을 들고 다른 애들 자리로 가 버리는 통에 나 혼자 밥알을 헤적이게 만들지 않던가. 지난해까지도 같은 반이었던 연희 년은 한 골목 안에 살면서도 저 아쉬울 때에만 우리 집으로 건너오질 않던가. 제 집에서 그러다간 치도곤을 맞을 게 뻔하니까 만만한 내 방문짝이나 두들기며 '오라잇, 오라잇'을 연습하기 위해서 말이다. 게다가 첫째 쉬는 시간에 새로 알게 된 사실 하나가 나를 더 흥분하게 만들었는데, 담임이 그 아이의 외가 쪽 친척이라는 것이다.

야호!

나는 쾌재를 불렀다. 이제 외톨이가 아니다. 늘 혼자 오가던 등하굣길을 둘이서 걸을 수 있게 된 게 어디냐. 전학 온 첫날부터 이래저래 주목을 받기 시작한 아이의 곁을 차지한 게 어디냐.

그러나 그 밀월이 얼마나 오래갈지 모르는 일이다. 내가 아무리 아이를 잘 구워삶는다 해도 예순 개나 되는 입들이 있고, 일백하고도 스무 개나 되는 눈들이 있다. 그 아이 역시 최초의 서먹함이 가시면 딴 친구를 사귀려 들리라. 아니, 그 아이에게 접근하려는 급우들이 필경 생기리라. 그러기 전에 나는 이 새로운 우정의 기회를 잘 활용하여 관계를 돈독히 할 필요성을 느낀다.

나는 첫 동반 하굣길에 슬그머니 그 아이의 손을 잡는다. 나로서는 깊은 애정의 표현인 셈인데, 아뿔싸, 그 아이가 내 손을 냉정하게 뿌리치는 게 아닌가. 그러고는 앙칼진 욕설보다 더 오싹한 경고를, 조용히, 날리는 게 아니겠는가.

싫어. 난 누가 내 손 만지는 거 아주 싫어해.

그냥…… 잡기만 하는 것도?

무안함을 싹 감추고 조심스럽게 반문한다. 그러나 아이는 아무 말도 하지 않고 바깥쪽 손에 들었던 가방을 방금 뿌리쳤던 손으로 옮겨 든다. 비위가 상했지만 꾹 누르고 다시 묻는다.

말이야, 어쩌다 슬쩍 닿을 수는 있는 거잖아?

그렇다면 뭐…… 옷으로 덮여진 덴 괜찮아. 팔이나 등짝 같은 데. 왜, 이상하니?

그럼 너희 아버진…….

아차! 나는 얼른 입을 다문다. 그런데 아이는 아무렇지도 않은 얼굴로, 왜 말을 하다가 마느냐는 투로 고개를 돌려 나를 본다. 그 부주의에 대해 손을 잡은 것보다 더 크게 화를 낼 줄 알았던 나는 짧은 순간 혼란에 빠진다.

그 아이 말고도 우리 반이나 동네에는 아버지가 없는 집이 더러 있다. 당사자들은 아버지가 없다는 사실을 일종의 약점으로 의식하는 듯하고, 사람들은 말도 안 되는 편견을 가지고 얕잡아 보려고 드는 분위기다. 그래서 격렬하게 싸울 때가 아니면 아버지 운운은 금기에 속한다. 비열한 몇몇은 그저 재미로, 또는 약간만 약이 올라도 그 사실을 들먹여 상대방을 울리거나 주먹다짐으로 끌고 간다. 하지만 아이는 천연덕스럽다. 아버지의 부재에 대한 불편이나 아쉬움을 전혀 모르거나 아예 느끼지 않는 것처럼.

나는 곧 결론을 내린다. 그 아이에게 아버지의 부재는 부족함은 커녕 훈장이나 영광 같은 것일 수도 있겠다는. 말하자면 그 아이는 으스대고 있는 것이다. 그게 뭐 어때서? 아버지 따위가 무언데? 아버지 없이도 풍족하고 관심을 끌 수 있고 얼마든지 평화로운걸. 그런 무언의 반문, 무언의 발언.

음, 내 말은…… 너희 오빠나 너희 엄마 공장에 다니는 아저씨들은 널 쓰다듬거나, 만지거나, 뭐 그러지 않느냐고.

오빠나 아저씨들이 왜? 만약 그런다면 내가 못하게 할 거야.

나는 더 이상 말을 할 수 없다. 아버지가 내 몸을 만진다고…… 엄마가 늦게 들어오거나 아예 들어오지 않는 날에는 으레 그런 줄 알기에 이제는 나도 모르게 아버지가 부르기를 기다리게 된다고…… 뭔가 불결하고 부도덕한 느낌이 입 안에서 돌아다니는 머리카락처럼 이물스럽게 엉키기도 하지만 차마 뿌리치진 못한다고…… 하는 말들을 해 줄 수 없다. 해서는 안 된다. 그 아이 쪽에서 나의 유일한 친구가 되기를 원한다면 내 것이자 아버지의 것이기도 한 비밀을 털어놓을 수 있겠지만, 우리의 구도는 그렇지 않다. 내가 그 아이의 유일한 친구가 되고 싶어 안달이 난 것이므로 내 비밀의 발설은 너무 섣부르고 어리석은 짓이다.

우리는 따가운 가을 햇볕을 등 뒤로 받으며 걷는다. 학교에서 집까지는 멀다. 학교는 산기슭에 있고, 우리 동네는 낙동강 지류로 배수진을 치고 있어 하굣길은 줄곧 내리막길이다. 그러니 등굣길은 산에 오르는 것이나 마찬가지다. 나야 단련이 되었다지만, 몸이 약해 시내의 사립학교를 포기하고 집에서 가장 가까운 공립학교로 전학을 오게 되었다는 아이의 체력으로는 무리일지도 모른다. 당분간 아이는 콧잔등에 땀방울이 송송 맺히거나 숨이 턱에 차서 식식거릴 것이다. 책가방을 땅바닥에 내려놓고 하아하아 숨을 몰아쉬거나 원망스러운 눈으로 남은 오르막길을 노려보거나 그럴 때, 까짓, 내가 아이의 가방을 들어 주지, 뭐. 그럼 아이는 내가 저에게 꼭 필요한 존재라는 걸 깨달을 거야.

오늘, 우리 집에 가서 숙제할래?

아이의 말이 떨어지는 순간 나야말로 그 말을 기다렸다는 걸 깨닫는다. 그리고 그 아이야말로 내게 필요한 존재라는 걸 깨닫는다. 아버지의 잔소리와 난폭한 손버릇이 떠올랐지만, 무시한다. 그건 나중에 닥친 다음에나 생각할 일이다.

솔직히 말하면 아버지쯤은 무섭지 않다. 내게도 불리하기 때문에 참을 뿐이다. 아버지는 엄마가 우리의 일을 알게 될까 봐 전전긍긍하고 있다. 내게 일삼는 갖은 협박은 실은 아버지 자신의 두려움 때문이다. 하지만 나는 부러 멍청하게 군다. 진실로 겁을 집어먹은 것처럼 연기를 하는 것이다.

가도 돼?

아이보다 먼저 그 집 돌층계로 내닫는 내 마음과는 별개로 한 번쯤 뜸을 들일 수밖에 없다. 내가 아이에 대해 이미 알고 있었던 것처럼 아이의 집에서도 나에 대해 알고 있지 않을까, 하는 염려와 조바심에서. 가죽나무집 아이, 수양딸……. 어른들이란 그것만으로도 행실을 문제 삼을 수 있으니까.

아침에 잘 익은 무화과를 잎으로 가려 놓고 왔는데, 그대로 있는지 모르겠다.

딴소리다.

내가 따 줄게. 우리 집 가죽나무 새순도 내가 따거든.

얼결에 내 입에서도 딴소리가 튀어나오고 만다. 그러면서 결국은 본심을 드러낸 셈이다. 아이는 내 말을 듣는 둥 마는 둥 길가에 핀 코스모스 한 송이를 뚝 꺾어서 제 귓등에 꽂더니, 나더러 어떠냐고 묻는 듯 얼굴을 들이댄다. 새치름하면서도 해말갛다. 나는 바보처럼 고개를 주억거리며 속으로 생각한다.

아무래도 이 아이에게 말려드는 것 같아.

그럴수록 나는 아이의 곁으로 단단히 붙어 선다.

셋

몇몇 까다로운 취향과 잘난 체를 제외하면, 아이는 의외로 순진하다. 특히 내가 탁월한 상상력이나 재능을 발휘하는 분야에서는 또래 평균보다 취약하다. 그 점이 마음에 든다. 아니, 안심이 된다. 나는 내가 알고 있는 많은 상식들, 이를테면 '여자와 남자의 몸은 어떻게 다른가', '사랑을 나누는 방법', '아이는 어디로 나오는가' 같은 의문 사항들을 아이에게 전수하는 기쁨을 누릴 수 있으리라.

그러기 위해 나는 가능한 한 아이의 곁에서 떨어지지 않으려고 애를 쓴다. 아이의 집에도 묻어가고, 우리 집으로 아이를 데려오기도 한다. 아이의 집에 있다가 밥 때가 되면 그 집 식모 언니가 차려 주는 밥상에 염치 불구 끼어 앉고, 우리 집에서는 아버지의 밥상을 따로 차려 준 뒤 그 아이와 내가 겸상으로 밥을 먹는다. 찬이래야 비교할 수 없을 정도이지만 고맙게도 아이는 밥상 앞에서 까다롭게 굴지 않는다. 밥을 남기거나 밥풀을 여기저기 붙여 놓지도 않는다. 연희 같으면 어림없다.

그래, 연희. 새삼스럽게 패씸하다. 연희는 내가 그 아이와 노는데 충격을 받았다. 그러더니 이제는 시도 때도 없이 우리 집을 기웃거린다. 마치 내 꽁무니를 쫓아다니는 것처럼 내가 그 아이 집에서 놀고 있으면 그 집 마당까지 쫓아와 기웃기웃 들여다본다. 나는 아이가 연희에게 관심을 갖지 않도록 나름대로 철통같은 수비를 했건만 헛수고다.

애, 쟤도 붙여 주자.

아이의 말에 내가 펄쩍 뛴다. 연희가 붙게 되면 당장 내 값어치가 절반으로 뚝 떨어지기 때문이다.

쟨 안 돼.

왜?

쟨…… 네 물건에 손을 댈지도 몰라.

아이는 내 말을 믿지 않고 듣지도 않는다. '우리'는 '셋'이 된다. 아이는 연희에게도 거리낌이 없다. 동네 아이들이나 학교 아이들이 죄 따돌리는 국밥집 연희를. 장래 희망이 버스 차장인 연희를. 대책을 세워야 할 판이다.

아이는 일제 학용품들을 많이 가지고 있다. 각도기나 컴퍼스 같은 문구가 세트로 딸려 있는 공책 크기만 한 자석 필통, 성능 좋은 연필깎이, 도중에 종이띠가 끊어지지 않고 한 번 만에 도르르 풀리는 24색 색연필……. 아이의 일제 학용품들은 우리의 눈을 휘둥그레지게 만들었다. 봉희조차도 가진 적이 없는 물건들이다.

　나는 아이가 잠시 오줌을 누러 간 사이에 아이의 필통에서 3색 볼펜을 꺼낸다. 그것은 내가 가지고 싶은 것이기도 하다. 연희는 종이 인형에 옷을 바꿔 입히는 데 정신이 팔려 있어서 내가 자기 가방에 3색 볼펜을 집어넣는 것을 보지 못했다. 가엾지만, 하는 수 없다. 눈치코치 없이 끼어든 죗값이다.

　나는 아이가 연희의 범죄를 목격하고 추궁하기를, 그리하여 좀도둑 연희를 단호히 내치기를 발이 저리도록 기다린다. 그러나 그런 일은 일어나지 않는다. 아이는 제 필통에서 3색 볼펜이 사라진 것을 알아채지 못한 듯하다. 연희의 가방에서 볼펜을 꺼내 아이에게 확인시켜 주고 싶은 마음이 굴뚝같지만, 그건 누가 보아도 어색하다.

　연희와 연희의 가방과 아이를 삼각으로 살피느라 내 눈알만 어지럽다.

　침입자는 연희만이 아니다. 일주일도 안 가 아이는 학교에서도 급우들에게 에워싸이기 시작한다. 전학을 온 뒤 처음 치른 일제고사에서 아이가 만점을 받아 버리는 '사고'가 생기자 다급한 봉희 쪽에서는 자체 제작한 소문으로 맞섰다. 아이의 친척인 담임선생님이 정답을 알려 줬다는 내용이다. 소문은 아이의 인기를 깎아내리는 데 별 효험을 발휘하지 못한다. 아이가 인형 그림을 그리면서 들려주는 만화 같은 이야기에 혹해 버린 것이다.

아이는 쉬는 시간마다 급우들에게 자기가 지어낸 이야기를 들려주거나, 종이 인형과 인형에게 입힐 종이옷을 그려 주느라 분주하다. 근사한 드레스나 원피스뿐만 아니라, 머플러나 모자 같은 패션 소품도 재빠르고도 멋진 솜씨로 후딱후딱 그려 치운다. 급우들 가운데 늘 몇 명쯤은 수업 시간에도 책상 밑에서 아이가 그려 준 종이 인형과 종이옷을 가위로 오리기에 바쁘다.

쉬는 시간과 점심시간을 이용해 부지런히 종이 인형 작업을 하지만 주문 물량을 채우지 못하기도 하는데, 그러면 아이는 선선히 집에 가서 그려 오겠다고 말한다. 그 말은 결국 나와 놀 시간을 그 일에 할애하겠다는 뜻이다.

나는 조금씩 우정의 변두리로 밀려난다. 아직까지는 방과 후 아이의 집에 들락거리는 특전은 주어져 있지만 그마저 얼마나 갈지 모를 일이다. 하굣길의 동반자가 늘어 가고 있는 게 문제다. 자기네 집과는 방향이 다른데도 빙빙 둘러 가려는 의도가 무엇이겠는가. 나는 나대로 아이의 집에 가 보고 싶어 하는 급우들을 요령껏 떨쳐 내기에 지쳐 간다. 무엇보다 아이의 마음이 핵심이다.

갈대 같고, 바람둥이 같고, 불여우 같기는…….

나는 심지 굳지 못한 아이가 원망스럽다. 간신히 손에 넣은 사탕의 단맛이 혀에 닿자마자 소금 덩어리의 짠맛으로 변할 줄이야. 염려한 바지만, 이렇게 빨리? 우려가 현실이 되자 슬프다. 이제 아이는 내게서 점점 멀어지겠지. 그러다 학년이 바뀌면서 반이 갈리면, 나 같은 건 까맣게 잊어버리겠지. 동네에서 마주쳐도 내게 말조차 걸지 않을지도 몰라. 등을 보이며 돌아서는 남녀의 애증의 변천사처럼 통속적인 수순이여!

허나, 최후의 희망까지를 내려놓은 건 아니다. 아이를 우리 집으로 불러들일 방법을 알고 있는 이상. 얼마나 다행인가. 나는 끈기 있게 기다릴 것이다. 급우들과 헤어진 틈을 타 아이의 귓가에 비장의 무기를 속삭일 수 있을 때까지. 아마도 아이는 내 은근한 유혹을 뿌리치지 못할 것이다. 확신한다.

넷

우물이 있다. 납작하면서도 모나지 않은 돌로 가장자리를 둥글게 쌓아 올린 우물. 아버지의 아버지가 집을 지어 뒤뜰로 편입시키기 전부터 그 자리에 있었다는 오래된 우물. 우물은 옹숭깊고, 우물물은 시리고 달다. 누름돌을 치운 다음 뚜껑을 열고 우물 안으로 좁은 어깨를 숙이면, 서늘한 어둠이 덮칠 듯이 다가든다.

어둠 말이야, 파리를 끌어다 삼키는 두꺼비 혓바닥 같아.

아이의 그 말을 들은 뒤론 서늘한 어둠에 머리를 박고 우물물을 길어 올릴 때마다 끈적끈적한 혓바닥에 휘감겨 두꺼비의 목구멍으로 넘어가는 파리 신세가 된 듯하다. 아이는 가끔 이상한 언어로 나를 겁나게 한다. 빗자루를 타고 하늘을 나는 마법사나, 달빛을 등지고 그네를 타는 요정, 온몸에 푸른 용의 문신을 새긴 거인이 등장하는 동화 따위를 너무 많이 읽은 탓이 아닌가 싶다.

아이는 우리 집에 올 때마다 일없이 우물에 두레박을 드리우곤 한다. 두레박을 던지면 바닥을 알 수 없는 심연으로 건너갔던 발자국이 되돌아오는 소리가 난다. 터엉. 두레박줄을 느슨하게 풀었다가 잡아당기기를 몇 차례 반복하다 보면 어느새 바가지 안으로 찰박찰박 물이 들어찬다. 팽팽한 힘으로 맞서는 두레박을 당겨 올리면서 아이는 또 이상한 말을 한다.

우물 속에는 길이 있대. 아주 멀리까지 나 있는 길. 그 길에서 돌아온 사람은 아무도 없대.

아이는 그 우물에 매혹되었다. 아이의 이상한 언어도, 관대함인지 변덕인지 모를 무심함도 나로서는 납득이 가지 않는 일에 속하지만, 우물에 매혹될 수 있다는 이야기는 생전 들어 보지 못했다. 그러므로, 나는 오직 아이만이 들을 수 있도록 아이의 귀에 대고 속삭이는 것이다.

우리 집에 물 길으러 가지 않을래?

아이의 집 뒷마당과 부엌에도 우물이 하나씩 있긴 있다. 그러나 아이의 집 우물은 까짓 아이의 힘으로는 어쩌지 못하게 묵직한 쇠뚜껑이 언제나 덮인 채다. 아이의 불만은 우물 뚜껑을 열 일이 없다는 것이다. 누가 들어도 우스꽝스러운 불만이다. 우선 나부터도 부러워 죽겠는데 말이다.

아이의 집에서는 사람이 직접 우물물을 긷지 않는다. 다른 집과는 달리 모터를 달아 우물물을 끌어올리는 시설을 해 두었다. 마중물*을 부은 다음 시소를 타고 누르듯 기운을 써야 하는 펌프도 아니고, 수도꼭지를 비틀면 곧바로 물이 쏟아지게 되어 있다. 아이의 불만대로라면, 동네 다른 집 처자들처럼 두레박으로 솜씨 좋게 우물물을 길어 올린다든가, 물동이를 머리꼭지에 인 채 버들가지 같은 허리를 낭창낭창 흔들며 걸어 보기는 틀린 것이다. 아이는 가늘게 찢은 천을 꼬아 만든 납작한 똬리를 정수리에 얹고, 그 위에 다시 물동이를 이고, 발을 뗄 때마다 이마로 흘러내리는 물방울을 손등으로 간간이 훑어 척척 길에다 흩뿌리며 걷는 것이 소원이다.

세상에, 그런 따위를 소원이라고.

약속대로 아이에게 두레박을 넘겨준다. 아직 두레박질에 서투른 아이가 줄을 놓치면 번거로워지겠지만, 하는 수 없다. 아이의 마음을 사로잡기 위해서는 그쯤의 위험 부담은 감수해야 한다.

아이는 어둠 속으로 끌려가지 않으려고 발목에 잔뜩 힘을 주고

*마중물 : 펌프에서 물이 잘 나오지 않을 때 물을 끌어올리기 위해 위에서 붓는 물.

는 두레박을 던지고 또 던진다. 줄을 약간 늘어뜨리는 듯하다가 확 잡아채기, 그렇게 단 한 번의 줄 놀림으로 두레박 가득 물이 담기는 요령을 익힐 때까지.

아이는 제가 길어 올린 물을 동이에 쏟아 붓는다. 그렇게 절반쯤 채운 물동이를 머리에 이고 부엌으로 가서 큰 물독에다 다시 쏟아 붓는다. 벌을 서듯 치켜든 두 손으로 물동이의 양 귀를 받쳐 든 채 겨우겨우 길어 온 물을 차르륵차르륵 쏟아 부으며 우쭐해하는 모양새라니, 혼자 보기 아깝다는 생각이 다 든다. 그 일은 원래 내 몫이다. 나는 그 일을 아주 지겨워하지만 아이는 저렇게 즐거워하는 것이다.

재미있니?

재미, 보다는 자알, 하고 싶은 거야.

처음보다 많이 나아졌어. 두레박질도 빨라졌고, 물동이를 이고도 잘 걷고.

나는 너그러운 조련사라도 된 기분이다. 아이는 제 집 방향을 눈으로 가리키며 말한다.

자꾸 연습하면 우리 집까지 이고 가는 것도 거뜬히 해낼 수 있을 거야.

그런 다음에는? 나는 아이에게 통할 또 다른 유혹거리를 생각해 두었다. 그것마저 써먹어야 할 때가 온 것 같다.

반공일날 음정골에 빨래하러 갈 때, 널 부를게.

정말이지?

그럼.

꼭이다?

나는 아이가 내민 새끼손가락에 기꺼이 내 것을 걸어 준다. 이럴 때 보면 아이는 좀 유치한 데가 있다.

그건, 정말 재밌겠다.

우물가의 봉숭아 꽃처럼 발그레하게 상기된 아이의 양 볼이 즐거운 기대로 미어질 듯하다. 불현듯 구역질이 솟아오른다. 무엇에 뒤틀렸을까. 겉으로는 웃어 주지만 내 마음은 급격히 싸늘해지고 있다. 연희와 싸울 때처럼 아이의 턱밑에 종주먹을 들이대고 묻고 싶어진다.

대야에 빨랫감을 담아 개울로 나가는 것이 꼭 해 보고 싶은 일이라고? 넓적한 돌판에다 때에 전 옷가지를 올려놓고 방망이로 팡팡 두들기는 것이? 볕이 좋으면 풀숲에다 때가 덜 빠진 빨래를 널어 두고 해가 이울 때까지 물놀이야 할 수 있겠지. 그런데 네 눈엔 그런 허드레 집안일이, 어쩌다 덤으로 누리는 그런 하찮은 여유가, 니네 집 안방 텔레비전보다, 만화책보다, 동화책보다, 재밌어 보이디?

그래. 아이는 세상 물정을 모른다. 아무래도 너무 편하게 살아서 그럴 것이다. 물론 아이의 잘못이 아니다. 내가 아버지, 어머니의 수양딸인 것이 내 잘못이 아니듯.

다섯

엄마가 집을 나갔다. 설마, 설마, 했는데 열흘째다. 이럴 때 무소식은 희소식이 아니다. 불길한 징조다. 보다는, 명명백백한 통고장이다. 하루나 이틀 밤쯤 들어오지 않기가 예사더니 기어이 가출을 단행한 것이다.

멀쩡한, 이라고 말하기에는 자신이 없지만, 어쨌거나 가정이 있는 여자의 상습적인 외박이란 돌아오기 어려운 다리를 건너는 것이나 다름없다. 그것으로 모자라 엄마는 위태로운 출렁다리 저쪽에서 다리를 지탱하고 있던 밧줄을 쳐서 끊었다. 아버지와의 결별뿐 아니라 나와의 결별도 선언한 셈이다. 나는 한 가닥 희망을, 희망이라기보다는 억지에 가까운 소망을 접어야 했다. 엄마의 가출로써 나는 엄마가 데리고 들어온 자식이 아닌 게 분명해졌다. 엄마가 자기 배 속으로 낳은 자식이라면 온종일 방구석에서 뒹구는 게 유일한 할 일인 계부 밑에 제 자식을 두고 혼자 달랑 빠져나가지는 않으리라는 게 나의 믿음이니까.

그렇게 생각하니 진짜 고아가 된 것처럼 느껴진다. 각오를 하고 있자. 머잖아 아버지도 나를 버릴 테니. 그러기 전에 이 집을 떠날 수 있다면 얼마나 좋을까.

어느 정도 낌새를 채고 있었던지, 무슨 언질을 주고받았는지, 아버지는 의외로 잠잠하다. 의뭉스럽긴 하지만 진탕 끓는 속을 내색하지 않을 만큼 교양머리 있는 아버지는 아니다. 평소와 다른 점이라면 내 방으로 건너오지 않고 안방으로 나를 불러들인 정도다. 말이야 언제나, 안마를 하라는 식이지만.

아버지는 다른 때보다 더 오래 나를 타고 버둥거린다. 어느 순간 아버지가 거북이 같다는 생각이 든다. 목과 짧은 팔다리를 내놓고 허우적거리는 거북이. 그럼 나는 뭍에 널브러진 바위 시늉을 할 밖에. 고로 나는 죽은 듯 깔려 있다. 그러자 아버지가 엄마 대신 나를 죽일 수도 있겠다는 생각이 퍼뜩 스치고 지나간다. 견딜 수 없이 숨이 막히고 사지가 욱신욱신 아파 온다.

어서 시간이 지나가면 좋으련만. 이 기묘하고 엉거주춤한 형틀에서 그만 좀 벗어나면 좋으련만.

아버지는 딴 때보다 더 시간을 끌고 있다. 아버지도 뭔가 잘 안되는 모양이다. 어쩌면 사는 일이 죽는 일보다 더 끔찍한 건지도 모르겠다.

안됐다. 이제 어쩌니?

어쩌긴. 어차피 새엄마였는데, 뭐.

아이는 내게 동화책 두 권과 2단으로 된 왕자파스 한 통을 주었다. 위로의 선물이다. 동정을 바라고 엄마가 집 나간 사실을 귀띔해 준 건 아니었는데도 아이가 제 물건들을 나누어 주자 눈물이 핑 돌았다. 배급받은 옥수수 빵을 씹다가 목이 메었을 때의 느낌과 비슷하다. 아이가 내 눈을 빤히 들여다보며 묻는다.

우는 거니?

아니.

그래도 슬플 거야.

아이가 슬픔을 강요하므로 나는 슬픈 표정을 지으며 왕자파스 뚜껑을 열어 본다. 노란색 크레파스는 많이 써서 반 토막으로 줄어 있고, 하늘색 크레파스는 동강 나 있다. 검은색 크레파스에 묻은 흰색 크레파스는 종이에 쓱쓱 문지르면 없어질 것이고. 그래도 내 크레파스보다는 상태가 양호하고 길이도 길다. 잘 쓸게, 라는 말이 목구멍까지 올라왔다가 쏙 내려간다. 나는 아이에게 새 크레파스가 생겼다는 것을 알고 있다. 내게 준 24색보다 배가 더 많은 48색짜리 크레파스라는 것도.

음정골에는 다음에 가자.

그래. 네가 슬프지 않을 때.

아이의 말대로 나는 슬픈 건가, 괴로운 건가, 허전한 건가. 놀란 건 사실이다. 그러나 받아들일 수밖에 없다. 엄마에게는 엄마의 인생이 있으니까.

돌이켜 보니 엄마는 내게 무던했다. 특별히 앙칼지게 대했다거나 못된 계모처럼 마구 부려 먹지도 않았다. 젖앓이를 하는 줄 몰랐고, 운동화를 꺾어 신고 다녀도 얼른 새것으로 사 주지 않았고, 소풍날 김밥을 싸 주지도 사이다를 넣어 주지도 않았지만, 그 대신 엄마가 나가서 돈을 벌어 왔으니 엄마를 탓할 수만은 없는 노롯이다. 다만, 엄마에게 나는 가죽나무 그림자 같았을 뿐이다. 혹은 투명인간. 말하자면 엄마에게 나는 '없는' 존재였다는 이야기다. 있어도 없는 존재, 있으나마나 한 존재, 아무런 상관이 없는 존재, 쓸모없는 존재.

아이는 모르는 것이 참 많다. 다른 삶에 대해서도, 존재의 방식에 대해서도. 그리고, 내게는 너무 익숙해서 일상이 되어 버린, 슬픔에 대해서도.

나는 아이에게 말하지 않았다. 정작 하고 싶었던 말들이 내 안에서 시체처럼 썩어 갔다. 나는 아이에게 하지 않은 말을 혼자 중얼거려 본다.

난, 떠날 거야. 엄마처럼. 네가 준 크레파스를 쓸 일이 없어서 안됐다. 아까운데.

내 혼잣말에서는 시취(屍臭)가 난다. 세상의 모든 불온하고도 불결한 냄새가 다 스며 있다. 아버지의 시큼한 땀 냄새. 누군가의 거짓 연민, 싸구려 선심, 위선, 위악 들이 마음의 틈바구니에서 곪아 풍기는 냄새. 무수한 상처들에서 새는 고름 냄새.

나는 아이가 준 동화책을 아궁이에 집어넣는다. 동화책은 엄마가 두고 간 옷가지들과 함께 아궁이 속에서 활활 타오른다. 아버지는 구들의 훈기를 느끼며 옛날 책들을 뒤적이고 있으리라. 나는 재를 다독이고 뒤뜰로 간다.

우물가 봉숭아 꽃은 흔적도 없이 사라졌다. 백반을 짓이겨 꽃물들인 손톱이 무참해지는 스러짐이다. 이제야 부질없다는 말의 의미를 이해한다.

아이가 물을 긷던 우물에 크레파스를 빠뜨린다. 터엉. 내 몸이 통째로 어둡고 긴 관 속으로 빨려 들어가는 듯한 아찔한 현기증.

아, 바로 그 순간 깨달았다. 아이가 해 준 말 중에는 더러 옳은 말도 섞여 있다. 두꺼비의 혓바닥 같은 어둠이 나를 덮치기 위해 몸집을 부풀리고 있다는 말. 우물 속에는 길이 있고, 그 길로 들어선 사람은 아무도 돌아오지 않았다는 말.

꽃잎이 되고 싶다. 바람에 들려 하늘로 하늘로 높이 날아가 버리거나…… 어느 날 기별 없이 사라지고 싶다. 우물 속으로 난 길을 걸어서.

『나의 은밀한 이름들』, 향연, 2007.

놀이

하나

나는 엄마랑 둘이서 산다. 흔히들 말하는 결손 가정이다. 같이 사는 사람이 누구냐에 따라 모자 가정이다 부자 가정이다 조손 가정이다 하는 말로 구분을 짓고는 뭉뚱그려서 결손 가정이라는 딱지를 척 갖다 붙이는데, 그렇게 구분을 짓는 것 자체가 차별적이고 모욕적이라는 생각은 왜 하지 않는가. 모자든 부자든 조손이든 그 규정들은 이미 정상적이지 않은 결합의 형태, 라는 색안경을 덧쓰고 있다.

나는 색안경을 낀 분류주의자들의 어처구니없는 편견과 폭력성에 항의한다. 도대체 어른의 머릿수가 적다고 해서 불완전하다거나 모자란다고 어떻게 장담할 수 있느냐는 말이다. 세상에는 어른답지 않은 어른이 쌔고 쌨는 데다, 어른 구실을 하지 못하는, 또는 하지 않는 어른들 때문에 고통받는 청소년들이 얼마나 많은데. 선택의 여지가 없는 부모, 유치원에서부터 얽히게 되는 교사, 엄마가 싸잡아 거품을 무는 정치인들 중에서도 우리의 행복은커녕 오로지 군림하고 착취하려는 불한당들이 얼마나 많은데 그러는가.

내가 어렸을 때 엄마더러 물은 적이 있다.

엄마는 내가 이담에 커서 뭐가 됐으면 좋겠어?

사기꾼하고 정치인만 빼면 다 괜찮아.

부반장 한 번 해 본 적이 없는 내가 정치인이 될 수 있기란 로또복권에 연속으로 두 번 당첨되는 것보다 더 어려운 일이겠지만, 아무튼 나는 엄마에게 다시 물었다.

솔직히 말해도 돼, 엄마. 속으로는 변호사나 의사나 그런 게 되었으면 좋겠다고 생각하는 거지?

정곡을 찔렸을 텐데도, 엄마는 허둥거리지 않고 말했다.

나는 네가 구두를 닦더라도 행복했으면 좋겠다.

저 말, 믿어도 될까. 나는 의심의 눈초리로 엄마의 표정을 살폈다. 나중에 내가 그림을 그리겠다고 하자 엄마는 또 여유 있게 맞받았다.

근사한데? 구두를 닦더라도 좀 더 센스 있는 간판을 만들어 단다거나, 일하는 부스를 멋진 색으로 칠한다거나, 그럴 수 있지 않겠니? 풀빵을 굽더라도 남들보다 튀는 모양 틀을 고안해 낼 수 있고 말이야.

구두닦이에서 고작 하나 는 게 풀빵 장수라니. 나는 또다시 가

자미눈을 뜨고 엄마의 표정을 염탐했다. 순진할 걸까, 물정을 모르는 걸까. 엄마가 부자여서 그렇게 태평한 소리를 하면 다행이겠는데, 애석하게도 엄마는 전혀 부자가 아니다. 집도 없고 직장도 없고 남편도 없다. 연세 지긋한 부모도 없고 그러므로 물려받을 재산도 없다. 그럼 무엇으로 사느냐고? 글쎄, '글세'로 산다고 해야 할까.

엄마는 소설가다. 대단히 유명한 작가는 아니지만 그렇다고 아주 빠지는 것도 아니다. 내 생각에는 뭐랄까, 엄마는 작가로서 좀 고지식한 것 같다. 아니, 실제로도 그렇다. 엉뚱하거나 유머러스하거나 엽기 발랄한 것과는 도통 거리가 멀다. 밋밋하다는 말이다. 팍팍 뜨지 못하는 것도 그래서가 아닐까 한다.

대한민국에서 소설가로 산다는 것이 어떤 것인지 나는 누구보다도 잘 안다고 말할 수 있다. 한마디로 '폼생폼사'에, 실속이 없다. 그런데 학교 선생들은 엄마가 작가라고 하면 대번 사인된 책 한 권을 받아 오라고 해서 나를 열 받게 한다. 나는 주로 못 들은 체 씹어 버린다.

한번은 '국사'가 마주칠 때마다 졸라 대서 '온순한' 내가 성질을 낼 뻔했다. 새로 개업한 식당의 고사떡처럼 거저 얻어먹으려고 드는 건 염치없는 짓입니다. 선생님은 슈퍼마켓 주인을 안다고 해서 진열대 위의 물건을 그냥 집어 오십니까? 정말 그렇게 들이받았다는 건 아니고, 단지, 작가란 온전히 글을 써서 먹고 사는 사람, 이라는 걸 이해시키기가 쉽지 않다는 얘기다.

그럼에도 엄마는 세다. 다 그런 건 아니지만 내 경험으로 학교 선생들은 공부를 지지리 못하거나, 등록금이나 급식비를 제때 못 낼 만큼 빈곤하거나, 이른바 결손 가정 아이들을 무시하는 경향이 있다. 나는 가난한 소설가 엄마를 둔 결손 가정의 성적 불량아에 해당하는 경우다. 그런데도 엄마는 담임선생을 만날 때 기죽지 않는다. 뭐, 나도 그런 걸로 기죽고 그러지는 않는다. 한번은 '수학'이 시험 점수가 나쁜 애들을 불러내서 때리려고 들었다. 내가 맞을 수 없다고 했더니 이유를 대라고 했다. 나는 모든 폭력이 싫습니다, 라고 말했다. 어라, 그랬더니 진짜로 때리지 않았다. 그렇게라도 말이 통하는 선생은 썩 많지 않다.

내가 좀 더 어렸을 때, 그러니까 초등학교 2학년 때였다. 담임이 내게 무슨 질문인가를 해서 대답을 했는데 잘 알아듣지 못했는지 다시 말하라고 했다. 나는 짜증이 나서 입을 다물어 버렸다. 그러자 제대로 알아듣게 답변을 하든지 교실 뒤쪽으로 가서 '일어났다 앉았다'를 500번 하든지 그러라고 했다. 나는 말없이 교실 뒤로 가서 '일어났다 앉았다'를 하기 시작했다. 담임이 당황하더니 그만 들어가라고 했다. 그래 열 번도 못 채우고 내 자리로 돌아갔다. 나는 몸으로 하는 싸움보다 기 싸움이 훨씬 고급스럽다고 생각한다.

말은 이렇게 하지만 실은 나는 대단한 모범생이다. 교복은 구입

할 때 상태 그대로 입고, 헤어스타일로 개성을 광고하거나 무스로 세우지도 않는다. 여학생과 어울려 공원이나 피씨방 같은 데를 배회하지도 않는다. 담배는 피울 줄 모르며, 술은 어쩌다 수련회에 가서 몇 잔 받아 마시는 정도다. 주종은 알코올 도수가 약한 것보다 센 것이 받는 편인데, 엄마랑 둘이서 대작할 때에도 많이 마시지는 않는다. 이따금 푹 자고 싶을 때 냉동실에 얼려 둔 보드카를 오렌지 주스에 타서 마시긴 한다. 그래 봤자 한두 잔이다.

나는 누가 봐도 우등생처럼 보인다. 뭐, 싫지는 않지만 난처할 때도 있다. 학년이 바뀌고 얼굴이 바뀌면 등수에 목을 매는 애들은 내 인상을 보고 아연 긴장한다. 라이벌로 점찍은 것이다. 막상 시험을 보고 나서 내 점수가 백일하에 드러나게 되면 하나같이 속았다고 난리들이다. 교직에 십수 년씩 몸담은 선생들이나 눈 매서운 엄마 친구들도 한결같이 내 인상에 깜빡 속아 넘어간다. 어쩌라고?

나는 고등학교에 진학하면서 반 석차가 조금 올랐다. 그건 순전히 한 학급 당 학생 수가 줄었기 때문이지, 공부머리가 틔었다거나 문제집을 들이파서가 아니다. 내 시험 기간도 잘 모르는 엄마가 간혹 보호자 티를 내려고 형식적으로나마 물어 올 때가 있다.

시험 잘 쳤니?

바닥을 겨. 거의 예술이라고 할 수 있어.

바닥을 기면 그게 예술이냐? 노동이지, 육체노동.

행위 예술이라는 게 있잖우.

엄마는 마치 내가 상당히 예술적인 표현이라도 구사한 것처럼 뿌듯해했다.

처음부터 엄마랑 둘이 산 건 아니다. 아홉 살 때 아빠는 다른 곳으로 갔다. 그땐 속도 상하고 화도 났지만 지금은 '그것이 인생'이라고 생각하려고 한다. 아빠 이야기는 별로 하고 싶지 않다. 겨우 아홉 해 함께 산 관록으로 누군가를 잘 안다고 할 수 없기 때문이며, 아빠랑 사이가 좋다고도 할 수 없기 때문이다.

아빠와는 말이 통하지 않는다. 내 하드웨어는 아빠를 '카피'했으나 소프트웨어는 엄마를 '벤치마킹'했다. 그래서인지 아빠와는 혈액형도 다르고 취미도 다르다. 무엇보다 아빠는 내 삶의 디테일을 모른다. 모른다는 것은 단순히 무지하다는 말이 아니다. 이런 경우는 상상력의 부족, 혹은 상상력의 부재라고 말해야 할 것이다.

아빠는 내가 무슨 고민을 하고 있고, 장차 어떻게 살고 싶어 하며, 무엇을 갖고 싶어 하는지 당최 모른다. 가끔 통화를 하게 되거나 MSN으로 메시지를 주고받을 때에도 아빠는 잘 묻지도 않거니와, 그다지 궁금해하지도 않는 것 같다. 아니면 알게 되는 것이 두려운 것일까. 알게 된다는 것이 책임을 져야 한다는 사실을 일깨워 주기 때문에?

예전에는 아빠와도 잘 지냈다. 아빠는 내게 레고 장난감을 많이 사 주었다. 하긴 그때까지만 해도 아빠는 엄마 눈치를 봐 가며 내가 손가락으로 가리키는 것 이상으로 많은 것을 사 주곤 했다.

얼마 전 나는 아빠와의 추억이 서린 레고 장난감을 팔기로 했다. 인라인 스케이트를 업그레이드하고 싶은데 모아 둔 돈이 부족해서였다. 인터넷 중고품 장터에 올렸더니 금방 사겠다는 사람이 나섰다. 1킬로그램당 만 원씩 쳐서 17만 원을 받았다. 주머니는 두둑해졌지만 기분은 찜찜했다. 부모로부터 물려받은 유산을 처분하는 심정이 이러지 않을까, 싶었다.

엄마와는 그럭저럭 괜찮은 편이다. 괜찮지 않으면 어쩌겠는가. 엄마의 비위를 거슬러서 내게 유리할 게 하나도 없는데. 한집에 사는 동안은, 그리고 경제력이 없는 동안은 좀 치사하더라도 참아 내는 수밖에 없다. 그게 보호자와 피보호자 간의 상생의 룰이다. 한번은 내가 13만 원을 들고 가출했다가 실패하고 돌아온 한심한 옆 반 애 이야기를 꺼냈더니 엄마가 물었다.

그럼 넌 가출을 생각해 본 적이 단 한 번도 없었니?

내가 미쳤수? 집 나가면 얼마나 고생인데?

내 기특한 대답에 엄마는 몹시 흡족해했다. 아마도 내가 엄마와 둘이 사는 생활에 만족해한다고 왕창 착각을 한 모양이었다. 점잖게 한마디 덧붙여 주었다.

출가라면 모를까?

그러자 엄마는 킥킥 웃더니 자신이 고등학교 때 휴학을 하고 농땡이 친 경험담을 털어놓았다.

휴학은, 왜 했는데?

담임이 날 때렸거든.

에이, 엄마가 뭘 잘못했겠지?

이럴 때 가만 보면 나라는 평화주의자도 별수 없다. 은연 중 대한민국 제도권 교육의 비민주적 훈육 방식에 물들어 있으니 말이다. 서글픈 현상이 아닐 수 없다.

시를 썼어. 담임 수업 시간에. 수학이었거든. 그게 다야.

그래서?

집에 가서 엄마더러, 그러니까 네 외할머니더러 학교 가기 싫다고 했지.

허, 그랬더니?

외할머니가 그럼 휴학할래? 하고 물어서 앗싸, 했지. 그다음 날로 건강 진단서 제출하고 휴학했다. 아, 그때가 내 인생의 황금기였던 거야, 돌이켜 보면.

그때가 엄마 몇 살 때였어?

열일곱.

가뜩이나 학교생활에 적응하기 힘들어하는 아들 앞에서 엄마는 눈을 게슴츠레하게 뜨고 즐거운 회상에 잠겼다. 내가 묵직하게 목소리를 깔고 말했다.

엄마, 나 내일 사고 치고 올게.

아서라, 애. 미안하지만 네 엄마랑 내 엄마는 능력이 다르단다.

그런 것 같다. 나도 외할머니 같은 훌륭한 엄마가 있었으면 내 인생의 황금기를 구가할 수 있을 텐데. 아쉬워 입맛을 다시고 있는데 엄마가 생각난 듯 물었다.

그런데 너 언제 출가할 거니?

고등학교 졸업하면.

그럼 네 모든 것을 네 스스로 책임지는 거겠지?

어쩐지 불길했다. 뭔가 함정에 빠지는 기분. 그러나 평화주의자로서 다소 결격의 소양을 자각한 마당 아닌가. 자주권 수호라도 철저히 견지해야겠다는 호연지기에 휩싸여 나는 단호히 선언하고 말았다.

그래야 명실상부한 독립이라고 할 수 있겠지.

물론, 등록금도? 생활비도? 용돈도?

야박하게 밀어붙이는 엄마. 나는 내 말의 입김이 채 가시기도 전에 주춤 물러서는 수밖에 없었다.

생활비랑 용돈까지는 아르바이트로 어찌어찌 해 보겠는데, 등록금은 목돈이어서 좀……. 그건 엄마가 어찌 안 될까?

걱정 마.

엄마가 빙긋이 웃었다. 아, 역시 엄마는 나를 사랑하는구나. 안심하려는 찰나, 엄마의 입에서 떨어지는 말인즉슨.

학자금 융자 제도란 게 있단다. 졸업한 다음 네가 취직을 해서든 그림을 그려서든 돈을 벌게 되면 갚아 나가는 거고.

허걱.

가혹하게시리. 언젠가 엄마가 글을 쓰고 내가 그림을 그려서 함께 책을 펴내자고 의기투합했는데 아직까지 실행에 옮기지는 못하고 있다(인세는 반반으로 나누기로 했다). 그런데 앞으로도 쉽지는 않을 것 같다. 이제는 나도 내 '작품'을 다른 사람들에게 선보인다는 사실에 대해 프로페셔널로서의 두려움을 갖게 되었기 때문이다. 우선은 열심히 그려서 실력을 높인 다음에, 그때 가서도 엄마가 간절히 청한다면 무시하지 않을 작정이다. 그러면 나도 내 인생의 절정을 맞이할 수 있으리라. 오로지 내 힘으로.

둘

요즘 엄마는 좀 수상하다. 좀, 이 아니라 상당히. 전에는 집에 있는 날이 많았는데 요샌 툭하면 외출을 하고, 나가서는 또 일찍 일찍 들어오지 않는다. 동료 작가의 출간 기념 모임이나 출판사 회식이 가장 빈번히 등장하는 외출 사유다. 그런데, 과연 그것만일까. 궁금하기도 하고 의심스럽기도 하지만, 한편으로 생각하면 내가 무어라고 바가지 긁을 일은 아닌 듯싶다. 엄마도 엄마의 인생이 있는 것이다. 내가 엄마의 간섭을 받고 싶지 않은 나만의 영역이 있는 것처럼.

엄만 널 믿어. 허튼짓도 않고 거짓말도 하지 않고. 넌 참 착한 애야.

고슴도치도 제 새끼는 함함하다고 한다더니. 한번은 엄마가 하도 엄청난 오해를 하고 있기에 나는 불리함을 무릅쓰고 교정해 주었다.

엄마. 나도 거짓말 잘 해.

그러자 엄마는 믿는 도끼에 발등 찍힌 사람처럼 두 눈을 동그랗게 뜨고 나를 쳐다보았다. 뜨끔했다. 그러나, 세상에 거짓말 할 줄 모르는 사람이 어디 있는가. 살다 보면 거짓말을 해야 하는 절박한 순간이 있게 마련이다. 자신을 위해서가 아니라 상대방의 심기를 편하게 해 주기 위한 선의의 거짓말도 있고. 그럴 때 그 거짓말의 진가는 마음의 진실에 있는 것이고.

해서, 세상 온갖 일을 주르르 꿰는 듯이 구는 소설가이면서도 가끔은 믿기 어려울 정도로 맹한 엄마에게, 엄마의 믿는 도끼인 나는 필요하면 얼마든지 거짓말을 둘러댄다. 엄마의 심기를 편하게 해 주기 위해. 얼마나 갸륵한가. 엄마가 믿어 의심치 않는 나도 그런데, 엄마라고 왜 그러지 않을까.

만약 엄마에게 남자 친구가 있다면? 물론 엄마에게는 남자 친구가 있다. 엄마와 동갑내기인 판화가 아저씨, 기자 아저씨, 소설가 아저씨 등등. 동업자인 선후배 남자 시인, 소설가 들을 포함한 그 아저씨들은 내가 알기로도 남자 동창생이나 마찬가지인 진짜 친구들이다. 요주의 인물들이 아니다. 문제는 엄마의 진짜 남자 친구. 정확하게는 애인. 기분이 묘하다. 이건 평범한 질투심과는 다른 차원의 불편함이다. 오이디푸스 콤플렉스까지 건드리는.

그러니 생각하지 말자, 말자, 말자…….

엄마가 집에 없으면 직접 밥을 차려 먹어야 하는 성가심 외엔 솔직히 편한 점도 있다. 아무리 엄마가 내 사생활을 인정해 주고 잔소리를 적게 하는 편이라지만, 그래도 엄마는 엄마다. 그리고 아줌마다. 이따금 속 터지는 소리나 엄청 갑갑한 주장을 밀어붙여서 기가 딱 막힐 때가 있다. 요행 공부에 관한 한, 관대한 건지 배짱이 좋은 건지, 닦달을 덜 하니 그것만 해도 어딘가.

이건 좀 딴소린데, 엄마는 대한민국 아줌마 평균치보다 낮은 수준의 기계치인 데다, 거의 컴맹에 가까우면서도 도무지 부끄러워하지 않는 뻔뻔함과 대범함을 지녔다. 온라인으로 진행해야 할 일을 일일이 대신 처리해 주기가 귀찮아 성실하게 가르쳐 줄 테니 배우라고 해도 한사코 도망을 친다.

이담에 나 출가하고 없으면 그땐 어떡하려고?

네가 출장 오면 되잖아.

출장비는 줄 거고?

무슨! 너한테 들이부은 게 얼만데, 투자비를 뽑아야지.

하기야, 피장파장이다. 나도 엄마가 공부는 안 해도 좋으니 책이라도 읽으라고 하면 질색이니까. 만화책을 빼고 나면 사실 별로 흥미를 끄는 책은 없다. 어차피 학교에 가서 공부를 하는 건 아니니까 소설책이라도 읽으려고 애를 쓰기는 한다. 그래서 한번은 나보코프의 『롤리타』를 가져가서 읽었다. 담임이 내가 읽고 있는 책의 표지를 쓰윽 들춰 보더니 아무 말도 하지 않고 저쪽으로 가 버렸다. 좀 얌전하게 구는 게 여러 모로 유리할 것 같아 다음번엔 코엘료의 책을 가져가 읽었다. 『순례자』, 『11분』.

그런데 『롤리타』나 『11분』이나, 나로선 별반 차이를 모르겠던데?

엄마의 책은 읽지 않는다. 재미있을 것 같지도 않지만, 일기장을 몰래 훔쳐보는 것 같은 기분이 드는 까닭이다. 누가 내 일기장을 훔쳐본다고 생각해 보라. 끔찍하다. 나는 엄마의 프라이버시를 존중해 주고 싶은 것이다. 당연히 내 프라이버시도 존중받고 싶다. 그런 점에서 엄마와 나는 비교적 궁합이 맞다. 강아지 토토가 내 방을 자유롭게 드나들 수 있도록 하기 위해서이기도 하지만, 엄마가 몰래 내 책상 서랍을 뒤지는 따위의 수상쩍은 월권행위를 하지 않는다는 믿음의 전제하에서, 나는 내 방문을 걸어 잠그지 않고 다닌다.

그렇긴 하지만 나는 엄마가 가끔은 내 이야기를 슬쩍 글감으로 우려먹는다는 사실을 알고 있다. 허락 없이 다른 사람의 이야기를

가져다 쓰는 것은 작가의 양심에 저촉될 일 같은데 엄마는 내 이
야기에 관한 한 개의치 않는다. 그것에도 투자 개념을 적용하는
걸까. 아무튼지 간에 엄마의 책에서 내 이야기를 발견하는 난감함
을 피하기 위해서는 차라리 읽지 않는 편이 낫다.

그런데 만약에, 엄마에게 진짜 남자 친구가 있다면?
으으, 생각하지 말자니까.

셋

어느 날 엄마가 뜬금없이 물었다. 내가 아홉 살이나 열 살쯤이
었을 때다.

너 엄마 없이 살 수 있겠니?

내 대답은, 살 수야 있겠지, 였다. 엄마는 그러나 내 즉각적인 대
답에 당황하는 것 같았다. 아니, 실망하는 기색이 역력했다. 자신
이 듣고 싶은 대답을 맘속에다 정해 두고 던지는 질문은, 정말이
지 질색이다. 그런 건 어른들의 전매특허다. 특히, 여자들. 믿기
어려운 사실이지만, 엄마도 여자이긴 한가 보다.

정말 그럴 수 있겠어?

다시 물어도 대답은 같다.

물론 살 수 있고말고. 힘은 좀 들겠지만.

그땐 거짓말을 할 줄 몰랐다. 그러기엔 자존심이 너무 셌다. 그

런데 엄마는 왜 그런 걸 묻지? 마치 어딘가로 떠날 사람처럼. 그
날 밤 나는 엄마 곁에 꼭 붙어서 잤다. 잠이 들기 전에는 엄마와 함
께 동화책을 들여다보며 노래를 불렀다. 먼저 잠드는 것이 무서웠
기 때문이었다.

커다란 꿀밤 나무 아래서
엄마하고 나하고
재미있게 얘기하는데
커다란 꿀밤이 떨어졌어요.

엄마는 노래의 가사를 바꿔서 여러 번 더 불러 주었다. 그러면
내가 즐거워하리라는 걸 아는 까닭이었다.

커다란 꿀밤 나무 아래서
엄마하고 눌이하고
재미있게 놀고 있는데
커다란 수박 통이 떨어졌어요.
커다란, 커다란 피아노가 떨어졌어요.
커다란, 커다란, 커다란 코끼리가 떨어졌어요.
커다란, 커다란, 커다란, 커다란 바윗돌이 떨어졌어요.

그 노래는 내가 유치원에 다니기도 전부터 엄마와 자주 부르던 노래였다. 엄마는 코끼리나 피아노나 바윗돌을 떨어뜨리기 전에 '커다란' 부분을 세 번이나 네 번쯤 반복해서 내 긴장감을 극도에 달하게 만들곤 했다. 나는 '커다란' 다음에 무엇이 나타날지 몰라 침을 꼴깍 삼키거나, 간지럼을 타는 것처럼 온몸을 비비 꼬곤 했다.

너 엄마 없이 살 수 있지? 이제 다시 엄마가 그렇게 물어 온다면, 분명히 대답해 줄 텐데. 엄마 없이 이 세상을 어떻게 살아? 그러면 엄마는 회심의 미소를 짓겠지. 엄마라고 믿기야 하겠어? 그저 기분에 취하는 거지.

넷

여자에 대해서는, 잘 모르겠다. 내 눈에는 대부분 유치해 보인다. 웃기는 건 그 여자(애)들도 남자(애)들을 그렇게 생각한다는 점이다. 그러나 여자(애)들은 남자(애)들과 달리 기념일과 선물과 명품에 지나치게 예민하다.

사실 나는 좀 심각한 고민을 미리 당겨서 하고 있다. 어차피 그림을 그리는 일과 연관해서 먹고살 작정이므로 어느 정도의 경제적인 어려움을 각오하고 있는데, 과연 (내) 여자도 같은 각오를 하고 살아 줄까 싶은 것이다. 주위를 둘러보고 내린 결론이다. 내 화실 선배도 여자 친구가 원하는 백일 기념 선물을 사 주지 못해 헤어졌다.

그러니 차라리 여자 친구가 없는 게 나은지도 모른다.

……거짓말!

외로움에 대해서는, 웬만큼 알고 있다는 생각이 든다. 외로웠기 때문인가. 엄마조차도 내 외로움의 '레벨'을 몰랐을 것인데, 그건 내가 엄마에게 내 외로움을 감추었던 까닭이리라.

한번은, 이유를 모르겠는데, 엄마가 식탁 밑에 쪼그리고 앉아서 가슴을 싸쥐고 오열하는 걸 보았다. 나는 엄마에게 다가가 엄마를 다정하게 껴안고 머리카락을 쓰다듬어 주었다. 엄마는 오랫동안 울고 나서 울음을 그쳤는데, 엄마가 울음을 그치자 그때부터는 내가 너무너무 슬퍼져서 가슴이 터질 것만 같았다.

그날 엄마는 왜 울었을까. 엄마도 나처럼 외로웠을까.

아주 어렸을 적부터 사는 것이 무엇인지 어렴풋이 알 것 같다는 생각도 했던 듯하다. 그저 슬픈 날이 있었고, 조용히 창밖을 내다보며 울고 싶었던 날도 있었다. 어른이란 참 불쌍하다는 생각을 하기도 했으며, 어딘가로 몰려다니는 아이들이 말할 수 없이 안타까워 보인 적도 있었다. 여섯 살 쯤이던가, 무거운 책가방을 메고

학교로 가는 아이들(실은 동네 형들)이 고생스러워 보여서 혀를 찬 적도 있었다. 사는 일이란 대체로 외롭고 슬프고 그래서 울고 싶게 하는 것이라는 생각은, 그때부터 이미 내 마음에 자리 잡고 있었던 것이 아니었을까.

조숙하다는 것은 때로 굴레가 된다. 홀가분해질 수 없으니까.

……언젠가 엄마가 나를, 생의 이면을 들여다볼 줄 아는 아이, 라고 말하는 걸 들었다. 그 말의 정확한 의미를 잘 모르겠지만, 그 말은 왠지, 내게 어떤 책임감을 가지게 해 주었다. 이를테면 삶에 대한 묵직한 감각 같은 것.

죽음에 대해서는, 한 번쯤 그 흐릿한 언저리를 엿본 것 같다는 느낌을 떨칠 수 없다. 죽음은, 미세한 실 먼지가 안개나 아지랑이처럼 부유하는 듯한 이물감으로 다가온다. 아마도 내 기억에서 가장 멀리 존재하는 시간 속에 일어났던 어떤 사건 때문이 아닐까. 그 사건이 어떤 명백한 기승전결을 가지고 전개되는 것은 아니다. 등장인물들도 정확하지 않고, 다만 떠오를 듯 말 듯한 기억의 조각조각을 퍼즐처럼 끼워 맞춘 데다 논리적인 짐작이 추가로 보태져서 훗날 하나의 줄거리로 재구성되었다는 게 맞는 듯싶다.

내 생의 첫 번째 기억의 그날, 처음 보는 어른들이 삽으로 구덩이를 파고 있었다. 둥근 공을 반으로 갈라 엎어 놓은 것 같은 무덤

이 두 개, 새로 파고 있는 구덩이 옆에 있었다. 연둣빛 반짝이는 나뭇잎들이 무덤 주위를 빙 둘렀으며, 구덩이 왼쪽 움푹 팬 고랑처럼 생긴 빈 터에서는 종이꽃으로 덮은 인형의 집 같은 것이 불에 타고 있었다. 불꽃이 나뭇가지들로 옮겨 붙을 듯 너울거리는데도 사람들이 무서워하거나 달아나지 않았으므로 나쁜 일이라는 생각이 들지 않았다.

엄마는 어디 있지?

나는 누군가의 손에 꼭 잡혀 있어서 목만 움직여 엄마를 찾았다. 엄마는 이모들과 함께 서서 구덩이 파는 것을 지켜보고 있었다. 하얀 옷을 입은 엄마. 엄마의 손에는 하얀 꽃이 한 송이 들려 있었다. 이모들의 손에도 마찬가지였다. 잠시 후에 엄마와 이모들은 차례로 그 하얀 꽃을 구덩이 속에 던져 넣었다. 그러고 나서 조금 울었던가, 그랬다.

하늘이 높고 맑았다는 기억이 남아 있다. 주로 집 안에서 시간을 보내는 내게 그 하늘은 우주처럼 넓고 그러면서도 이불 속처럼 따듯하고 포근했다. 그래서 엄마가 입고 있는 하얀 옷도, 하얀 꽃도, 울음소리들도 무섭지 않았다.

내가 좀 더 자랐을 때 엄마는 그 자리에 외삼촌들도 있었다고 말해 주었는데, 그 장면을 아무리 헤집어 봐도 그들의 얼굴은 찾을 수가 없다. 외삼촌들을 만나는 일이 드물어서 그런 것일 수도 있겠다. 어쨌거나 기억이란 것은 대체로 엉성한 짜깁기에 불과한 것이니까.

　그날은 엄마의 엄마, 내게는 외할머니가 되는 어른을 땅속에 묻는 날이었다. 나는 외할머니를 잘 알지 못하고, 외할머니의 삶 역시 외롭고 슬프고 울음을 울게 하는 불가해한 그 무엇이었을 테지만…… 죽음이란 찬란한 햇빛 속에 나무를 심는 것과도 같은 일이라고, 그날엔가, 훗날엔가, 나는 간간이 생각하게 되었다.

　지금까지도…….

『나의 은밀한 이름들』, 향연, 2007.

쇠꽃

주정차 금지 구역

중인환시리*에, 배기량 3천 시시 뉴 그랜저 승용차가 사라지고 있었다. 이른바 탈취였다. 그것도 운전자와 동승자가 차체에서 채 2미터도 떨어져 있지 않은 상태에서. 말하자면 바로 눈앞에서. 사라져 가고 있는 승용차는 총 주행 거리 4천 킬로미터를 막 넘겼을 뿐으로, 뽑은 지 6개월이 못 되는 사양 선택 최상급이었다.

문제의 승용차를 도로변에 바짝 붙여 세운 건 불과 수 분 전이었다. 선희는 차에서 내리기 전 클랙슨을 짧게 두 번 눌렀다. 숍에다 자신들의 도착을 알리는 신호였다. 그런 다음 트렁크에서 휠체어를 꺼내 인도에 펼쳤고, 뒷좌석의 조 여사를 부축해 휠체어로 옮겨 앉혔다. 숍 매니저가 쇼윈도 안에서 밖을 내다보며 손을 흔들었다. 선희는 가로수 그늘 아래로 휠체어를 이동시켰다. 매니저에게 조

*중인환시리(衆人環視裡): 여러 사람이 둘러싸고 지켜보는 가운데.

여사를 맡기고 자신은 주차 타워에 차를 넣으러 가야 했다.

그때였다. 누군가 재빠르게 운전석으로 뛰어들었다. 남자였다. 선희는 그 돌발적인 사태에 얼른 대응하지 못했다. 선희뿐만 아니라 막 숍에서 걸어 나오던 매니저도 마찬가지였다. 운전석으로 뛰어든 남자가 급히 핸들을 꺾고 액셀러레이터를 밟는 순간에야 선희가 어어 소리치며 몸을 틀었다. 그러나 그녀는 승용차로 즉각 되돌아갈 수 없었다. 그녀가 달려갈 태세로 손잡이를 놓는 순간 휠체어가 균형을 잃으며 기우뚱거렸고, 그러자 이번에는 휠체어에 앉아 있던 조 여사가 자지러지는 비명을 질렀기 때문이었다. 휠체어는 브레이크가 풀려 있는 상태였으며, 인도는 도로 쪽으로 완만하게 경사가 져 있었다.

선희가 매니저에게 조 여사의 휠체어를 맡겼을 땐 이미 늦어 있었다. 승용차는 급가속으로 차선을 변경한 뒤 차량들의 흐름 속으로 유유히 합류한 다음이었다. 소통이 원활한 구간이어서 속도를 내는 데 아무런 지장이 없어 보였다. 선희는 차의 꽁무니를 멍하니 쳐다볼 수밖에, 달리 방도가 없었다. 차는 점점 멀어져 갔다. 곧 시야에서 완전히 사라질 터였다. 백주 대낮, 오가는 행인들이 적지 않은 시각에 일어난 일이어서 더욱 황당했다.

늘 그래 왔던 대로였다. 출발부터 도착까지, 주정차 금지 구역인 그 자리에 잠시 승용차를 세운 것, 차문을 잠그고 말고 할 겨를

이 없었던 것, 이내 차를 옮겨야 했으므로 시동이 걸린 상태였던 것이 모두. 그렇지만 범행에 운용할 수 있는 시간적 공백이라고 해 봐야 간발의 차라고 할 만한 빈틈뿐이었다.

처음부터 주차장을 이용하지 않은 것에 대해서는 선희도 할 말이 없지 않았다. 조 여사는 뷰티숍과 계약 관계에 있는 주차 타워를 싫어했다. 주차 타워의 웅웅거리는 기계 소음에 신경질적으로 반응했으며, 차량째 승강기로 들어 올려지는 상승감에 멀미를 호소하면서 몹시 불안해했다. 주차 타워의 좁고 삭막한 공간에서 휠체어로 옮겨 앉는 것을 영 불편하게 여겼을 뿐더러, 휠체어에 실려서 숍까지 가는 동안 부딪힐 시선들에 대해서도 적대적이었다. 조 여사는 그 시선들을 무례하다고 느꼈다. 양보하고 배려하는 호의적인 시선들조차 견딜 수 없어 했다. 그 모든 마뜩찮은 것들과의 상종을 피하기 위해 조 여사는 단골 숍에 자신을 먼저 내려 두고 주차장에 차를 넣고 오도록 선희에게 지시를 내렸었다.

보통의 경우라면 차 안이 운전기사의 대기 위치일 것이었다. 그러나 조 여사의 수족 노릇을 제대로 수행하려면 그야말로 수족처럼 붙어 다녀야 했다. 옷시중은 숍의 직원에게 맡긴다 치더라도 화장실 시중은 곤란했다. 숍에서 시간을 얼마나 지체하게 될지 알 수 없거니와, 자동차가 밖에 서 있으면 채근을 받는 것 같아 기분을 망친다는 점 또한 조 여사가 불평한 사항에 들어 있었다.

그랬으므로 선희는 조 여사의 은근한 추궁의 눈초리가 억울했다. 피고용자의 단순한 부주의나 무신경이 부른 과실이 아니었다. 고용자의 사소한 편의도 무조건 수용하도록 압력을 가하는 금권만능의 권위주의가 선행된 사건이었다.

선희 : 글쎄, 짐작이나 했겠어요? 꼭 무엇에 홀린 것 같다니까요. 모든 게 평소대로였으니까 특별히 주의를 기울이고 말고가 없었어요. 길거리에 사람들 지나다니는 거야 당연지사니까 신경 쓰지 않았구요. 실제로 그런 일이 일어났다는 얘길 들었어도 마찬가지였을 거예요. 야간에 지하 주차장 같은 데도 아니고…… 차량 도난 이야기야 자주 들어 봤지만, 뭐랄까, 이건 일종의 쓰리 같은 거잖아요? 날치기, 뻔히 눈 뜨고 당하는 거 말예요.

워낙 갑작스러워서 인상착의를 살필 새가 없었어요. 기억나는 건 모자를 썼다는 거요. 푹, 눌러쓰는 벙거지 말고 챙 모자요. 하긴 챙 모자를 푹, 눌러쓰고 있었지만요. 그러고 보니까 항공 점퍼 비슷한 걸 입었던 것 같은데……. 거 왜 갓길에 봉고 차 세워 놓고 조종사용 점퍼라며 파는 거 있잖아요, 그런 거.

정비사용 점퍼하고 뭐가 다른지는 난 잘 모르구요, 어쨌든 연한 국방색이었던 건 확실해요. 얼굴을 어떻게 봐요? 자동차 지붕 위로 머리통이 올라오긴 했지만 그건 잠깐이었고, 모자를 푹 눌러쓴데다가 간신히 드러난 얼굴도 바짝 가린 옆모습이었는걸요. 말 그대로 휙, 이었죠.

말씀드렸잖아요? 사모님 휠체어 잡고 있었다구요. 물론 나도 얼떨결에 뛰어가려고 했죠. 근데 사모님이 비명을 지르셨어요. 거기, 경사가 졌거든요. 뛰었어도 마찬가지였을 걸요? 1, 2초 사이에 차는 벌써 출발을 했으니까요. 닭 쫓던 개 됐죠, 뭐. 무슨 수로 달리는 차를 따라잡아요? 뒤에서 다른 차들도 마구 달려오고 있는데요. 숍 매니저한테 물어보세요. 내 말이 맞나 틀리나.

숍 매니저 : 오시겠다는 연락을 받은 건 맞아요. 숍 앞에 도착하면 클랙슨을 울리는 것도 맞구요. 그러면 곧장 뛰어나가는데 아깐 마침 통화 중이었거든요. 그래서 조금 지체되긴 했지만 그렇다고 길에서 오래 기다리시게 한 건 아녜요. 소홀하게 대접한다는 느낌을 드렸다간 매출도 매출이지만, 당장 숍 이미지에 지장이 있는걸요.

단골에 씀씀이도 크시고 입김도 세시죠. 집안이 장난 아니게 빵빵해서 함부로 못 해요. 콧대 높은 우리 선생님도 쩔쩔매실 때가 있으시더라구요. 접때 새로 온 직원 애가 사모님더러 할머니 어쩌고 했다가 그 자리에서 잘렸잖아요. 사전 교육을 단단히 시키는데 그날 걔가 아침에 뭘 잘못 먹었는지 욱 올려 버린 거예요. 사모님 연줄로 숍에 나오시는 분들이 꽤 되는데 말이 돌아 봐요, 큰일 나죠.

평생 떠받들려 살아온 분들은 조금만 거슬려도 안색이 싹 변해요. 인정머리가 없어서는 아니고 적응이 안 되는 모양이더라구요.

갑자기 떼돈 번 사람들이나 벼락출세한 사람들은 다루기가 차라리 쉽죠. 줏대가 없고 의외로 물러서 이쪽에서 프라이드를 세우면 대개 끄떡끄떡하거든요. 권하는 대로 몇 점이고 구매하는 스타일들이에요. 돈으로 뻐기겠다는 건데, 사실 우리 숍에 오시는 분들, 돈이야 기본이죠. 기본 갖고 명함 내밀었다간 더 우습게 보인다는 걸 몰라요. 아니, 알까? 숍에서 나가자마자 자동차 뒷좌석에 쇼핑백 팽개치면서 욕하기도 하겠죠. 뭔가 밀리고 꿀렸다는 건 눈치로 바로 알거든요. 근데 뭘 물어보셨더라? 내가 본 건 다 얘기했는데.

아, 그 젊은 여자? 기사도 아니고 비서도 아니고, 이야기벗 도우미라나 뭐라나. 하여간 요샌 별 요상한 직업도 다 있더라구요. 사모님 몸이 그러시니까, 옷 갈아입을 때도 그렇고, 일 보실 때도 그렇고…… 괜찮을 거 같아요. 파트타임이면서도 페이도 나쁘지 않고…… 꽤 받을 걸요? 그리고 솔직히 그런 차 언제 몰아 보겠어요? 나 같음 천금을 준대도 그런 하녀 역은 마다하겠지만요. 우리야 엄연히 고객 서비스 차원이지, 봉사 자체를 상품으로 파는 건 아니거든요.

노블 팰리스

아니나 다를까, 프런트 직원이 또 선희를 불러 세웠다. 수칙에 입각해서 차등을 두고 내방객을 통제하는 프런트 직원과는 피차간에 충분히 낯이 익었다. 그는 그녀의 출입 사유와 목적지를 알고 있었다. 그럼에도 단 한 번의 예외를 두지 않았다. 조 여사와 동행이어도 원칙을 고수하는 마당이었다. 조 여사도 애초에 거들 마음이 없어서인지 선희의 기분을 헤아린 어떤 보증의 말도 보태지 않았다. 타인의 기분을 헤아릴 필요성을 느끼지 못하고 살아왔을 사람들 고유의 무심함일 터였다. 시위의 의미가 전달되기를 바라면서, 선희는 신분증과 교환한 출입증을 목에 걸지 않고 호주머니에 쑤셔 넣었다.

하루 이틀 드나든 곳이 아닌데 선희는 신분증을 내밀 때마다 매번 주눅이 들었다. 깊은 속을 들여다보면 박탈감에, 열등감일 것이다. 아무리 용을 써도 닿을 수 없는 높이를 소망하진 않더라도, 그 소망 불가를 번번이 주입당한다는 것은 조롱이었고 모욕이었다. 태생과 이력과 안목과 규모가 다르다는 것이, 다름의 문제가 아니라 인간의 질의 문제로 변환된다는 사실이 내면의 분노를 일깨웠다. 그녀는 관리부 직원이나 미화부 아주머니가 보지 않는 틈을 타 자동차 열쇠로 호화스럽기 그지없는 노블 팰리스 기물들의 표면을 긁었다. 보안용 카메라의 위치를 잘 알고 있는 그녀로서는 그 은밀한 훼손이 들킬 염려가 없다는 점도 잘 알고 있었다.

"작은애는 이리로 오겠다고 했는데……."

엘리베이터 안에서 드디어 조 여사가 입을 열었다. 여차여차하다는 기별을 띄웠건만 큰아들네서는 식구 중 누구라도 달려오는 대신 기사 딸린 차편만 제공했을 뿐이었다. 조 여사는 심기가 완전히 틀어져 버렸다.

"어쩔 거야?"

"네?"

작은애란 조 여사의 작은며느리 하 여사를 말하는 걸 선희도 알겠는데, 어쩔 거냐는 뒷말은 가닥이 잡히지 않아서 그렇게 되물을 수밖에 없었다.

"난 모르니까 작은애더러 오라고 했어. 나보다 젊은애들이 이런 일은 더 잘 처리하겠지. 있다가 아범도 올 거고."

"네에……."

여전히 애매했다. 와중에도 하 여사가 오기 전에 돌아가라는 지시인 것만은 알아들었다. 선희를 물리고 나서 오늘 일과 그녀에게 지울 수 있는 책임의 범위에 대해 머리를 맞댈 모양이었다. 선희는 마음을 단단히 죄어 먹었다. 그 정도 예상과 각오야 없지 않았다.

조 여사는 며느리 셋 중에서 둘째인 하 여사를 그나마 수월하게 여겼다. 궁합이 잘 맞는다는 거였다. 그러나 선희가 남이 아줌마에게 들은 말대로라면 하 여사는 두 동서와도 다르고 제 안과 밖하고도 달랐다. 뒷소릴 구시렁댈망정 듣고 보는 앞에서는 우선 달짝지근 약게 구는 짓이 그것이었다. 고위 공직자 부인들의 월례 모임인 자선 단체 쪽 간사들에게나 친정 자매들에게 시모인 조 여사를 깎아내려 우스개로 삼는다는 건, 하 여사네서 일하는 남이 아줌마가 쉬는 날 집에 다니러 와서 풀어놓는 수다에도 섞여 있었다.

그에 비하면 큰며느리는 무뚝뚝하고 고지식한 데다 가끔씩 상대가 시어머니라도 정면으로 치고 나와서 복장을 뒤집어 놓는다고 했고, 미국에 나가 있는 막내며느리는 어려서부터 몸에 밴 외국 생활 때문인지 오직 제 일 외엔 관심이 없다고 했다. 선희도 면접이나 다름없는 첫 대면 이후로 노블 팰리스에 다니러 온 하 여사와 몇 번을 더 마주쳤다. 확실히 하 여사의 사근거리는 말투는 닳고 닳은 듯하면서도 착 감겨드는 데가 있었다. 외로움을 감추느라 더욱 고집불통이 되어 가는 노인네들로서는 그 얕고 빤한 속이야 모른 체해도 좋을 허물이었다.

선희는 의례적인 지시도 생략하는 큰며느리보다 눈과 입이 재바른 하 여사 쪽에 당연히 신경을 썼다. 어쨌거나 하 여사가 조 여사의 가려운 데를 알아서 상납한 진상품이 선희였던 것이었다. 특급 호텔 급 실버타운인 노블 팰리스 측에서 모든 룸서비스와 의료 편의를 제공함에도 불구하고, 조 여사는 별도로 말동무 겸 잔시중을 들 도우미를 원했었다. 노블 팰리스에 노후를 의탁한 사람들은 대부분 대단한 재력가와 명망가 당사자이거나, 배우자이거나, 그 직계 존속이었다. 비록 은퇴를 했을지라도 현역 시절의 추억과 영향력을 간직하고 과시할 수 있는 원로들이었다. 그런 만큼 보이지 않는 경쟁이 은근했는데, 조 여사가 굳이 도우미를 원하는 데에도 허세의 측면이 있었다.

이 사람 저 사람 주물럭대던 손으로 내 몸 건드리는 거, 난 딱 질색이야. 이건 퀄리티의 문제야. 글쎄, 노친네가 그러더라니까? 당신 몸뚱어리 건사도 남의 손 빌려야 하는 꼴사나운 신세에 웬 퀄리티? 거기, 상주 의사에 간호사에 전문 간병인 다 놔두고 유별을 떠는 이유가 그놈의 퀄리티래. 보증금에 의료 비용까지 포함돼 있는데도 말이야. 못 말리는 노친네, 앞으로 한참 남았지 뭐니? 그나저나 적당한 애 있음 소개해.

집안일을 하다 하 여사의 이기죽거리는 통화를 들은 남이 아줌마가 나서서 다리를 놓게 된 배경이 그러했다. 그 집 일을 오래 봐온 아줌마의 추천에다, 유치원 보조 교사로 일할 때 통원 차량을 운전했던 경력이 주효했다. 더군다나 한집에서 받들고 살기는 싫지만 깔고 앉은 재산이 아직 만만찮은 시어머니를 수발할 자리였다. 미리 점수를 챙기면서 그 동태를 지속적으로 살펴야 했으므로 야무진 대졸보다는 남이댁을 통해 쉽게 흔들 수 있으리라고 믿어지는 허술한 알음알음이 훨씬 나았을 것이었다. 취업난에 보수가 후하더라도 몸종 노릇이나 매한가지인 일의 성격상 선뜻 나설 좀 배운 여자는 찾기 어려워서이기도 했다.

"샤워하시겠어요?"
"그래야지."
역시 시큰둥했다. 그럴 만도 했다. 쇼핑은 고사하고 외동 사위가 노블 팰리스 입주 선물로 보내 준 승용차를 불과 몇 시간 전에 두 눈 뜨고 날린 날이었다. 그 상황을 목도하고도 막지 못한 선희의 시중이 기꺼울 리 없었다.

선희는 휠체어에서 조 여사를 안아 올렸다. 칠순을 넘긴 노인이라고는 하지만 버쩍 들어 올리기엔 버거운 무게였다. 마음 같았으면 아무 데나 패대기를 치고 싶은데, 조 여사는 냉랭한 표정을 풀지 않은 채 턱짓으로 창가의 안락의자를 가리켰다. 허공에 면한 공간 한 면이 전부 유리인, 전망이 기막힌 자리였다. 탁 트인 하늘과 녹음이 무성한 야산, 언뜻언뜻 드러났다 숨어 버리기도 하는 통나무길, 인공 섬이 떠 있는 호수, 그리고 겹겹이 포개지며 물러나는 먼 능선……. 한 노인을 위한 풍경으로는 실로 과분하달 단독 점거요, 호사였다.

선희는 조 여사에게 읽을거리를 안겨 주고 목욕물을 받으러 욕실로 들어갔다. 화장대가 놓여 있는 부속실을 포함해서 욕실만 해도 선희가 세 들어 사는 방의 두 배 넓이에 가까웠다. 입주 보증금만 수억 원이 넘는 곳이었다. 그러니만큼 최고급 수입 마감재로 휘갑을 둘렀으면서도 타일 하나 손잡이 하나에도 거동이 불편하거나 근력이 달리는 노인들을 위한 인체 공학적 배려가 절절이 묻어났다. 목욕물의 온도를 맞추는 것도 잊고 선희는 한 번 더 마음을 오지게 죄어 먹었다. 그만두라면 그만두는 것이고, 자동차 값을 물어내라면 먹고 죽을 것도 없으니까 집어넣든지 달아매든지 맘대로 하라고 뻗댈 것이고……. 눈을 홉뜨고 김이 서려 뿌예지는 거울을 들여다보며 부러 낮은 소리로 중얼거리는데 까닭 없이 목이 컥 잠겼다.

그보다, 창대는 괜찮을까.

선희가 조 여사를 욕실로 옮겨 가기 위해 거실로 나왔을 때 조 여사는 노블 팰리스 측에서 오락거리로 제공하는 주말 공연 팸플 릿을 밀쳐놓고 일주일치 식단표를 물끄러미 들여다보고 있었다. 조 여사는 입을 쩝 다셨다. 입맛은 줄어드는데 식탐은 갈수록 느 는 게 신기했다. 낮의 식사가 엉망이었다고 생각하는 조 여사는 제대로 된 저녁 식사를 즐기고 싶은 마음이 맹렬했다. 쇼핑을 마 치고 느긋한 외식을 즐기려고 했던 계획이 망쳐지는 바람에 숍에 서 위로 삼아 낸 중화요리로 때워야 했던 것이 못마땅하던 참이었 다. 그 시간에 선희는 파출소에서 진술을 했었다. 아침도 굶었으 므로 거의 종일 빈속으로 허둥거린 셈이었다.

선희는 조 여사의 옷을 벗기고 욕조에 들여앉혔다. 하반신을 쓸 수 없달 뿐, 적당히 오른 살집과 놀라울 정도로 팽팽한 피부는 도 저히 일흔다섯 노인의 육체 같지 않았다. 몇 가닥 남지 않은 치모 와 거뭇하게 늘어진 성기가 그나마 지나온 세월을 입증해 주었다. 조 여사보다 근 열 살이나 아래인 해주댁만 해도 팔뚝이며 손등이 며에 마른버짐과 저승꽃이 자욱자욱 내려앉아 있었다. 해주댁은 선희에게 남은 유일한 혈육이자 고모였다. 태에 꼬무락거리는 생 명 한 번 실어 보지 못한 처녀의 몸인데도 해주댁은 비탈의 돌처럼 굴러먹은 삶의 내력 탓인지 일찌감치 탄력을 잃고 허물어져 갔다.

선희는 천천히 조 여사의 몸 구석구석에 비누질을 하기 시작했다. 욕조 속으로 흘러내려 익사하는 희고 부드러운 거품을 보면서 선희는 문득 광대무변한 우주의 시공간에서는 한 개인이 씨름한 세월조차도 한 획 획 긋는 섬광일 뿐임을 생각했다. 한순간에 시야에서 멀어지던 승용차의 눈부신 질주를 생각했으며, 새로운 일자리와 새로운 가능성을 생각했다. 그리고 고모와, 고모 모르게 자신의 삶에 편입된 지 오래인 창대는 지금 무슨 생각을 하고 있을까를 생각했다.

조 여사 : 작은애냐? 걔, 방금 나갔다. 넌 어디냐? 출발이나 했니? 난 허기져 죽겠구나. 입맛이 써서 뭘 삼킬 수가 있어야지. 지난번 윤 회장 댁 사모님이랑 같이 식사했던 데 말이다, 거기 홍삼튀김 몇 점 먹었으면 딱 좋겠다. 양 기사가 거기 위치를 알 텐데, 사 오랠래?

여긴 어쩌다 먹을 만한 것이 나오긴 하는데 오늘 식단을 보니 별로더라. 입주자들이 항의하고 나면 한 며칠 나아지다가 다시 해이해져. 식대를 올리더라도 제대로 된 걸 제공해야지. 암튼 이런 대우 받을 거면 왜 들어왔겠어? 미리 말하지만 이번 참에 도우미도 새로 구했음 좋겠고. 너네 일하는 여자 소개 받을 거 없이 다른 쪽으로 알아봐.

정말이야, 오늘 개 하는 짓 네가 봤어야 되는 건데. 내가 저더러 차 값 물어내랠까 봐 지레 성깔 부리더라. 아까 비누질하는데도 아주 껍데길 벗겨 놓을 작정으로 벅벅 문질러 대는 거야. 그리구, 물어내래면 물어낼 수나 있대? 부모도 없구 물려받은 유산도 하나 없다면서.

그래, 내가 뭐랬니? 근본을 봐야 한댔잖니? 말투도 본데없이 뚝뚝하고, 싸구려 향수며 옷 입는 안목이며 어째 그게 네 코와 눈엔 안 거슬리든? 넌 성질 참 좋아. 여하튼 어떻게 할 건지는 와서 얘기하자. 말할 기운도 없으니까.

엘리베이터 문이 열렸다. 잠시라도 걸터앉을 수 있도록 마련된 폭 좁은 간이 의자에 노부부가 나란히 앉아서 엘리베이터 안으로 걸음을 들이는 선희를 훑어보았다. 뜻 없는 눈길이었지만 그녀는 그들이 벌써 냄새를 맡았으리라고 단정했다. 자신들과 다른 세계의 냄새에 유난히 민감한 사람들이었다. 어쩌면 선희야말로 자신과 다른 세계의 냄새에 무턱대고 적의를 가지는지 모를 일이었다.

엘리베이터는 중간에 한 번 더 멈춰 섰다. 식당 층이었다. 노부부가 굼뜬 동작으로 엘리베이터에서 내리는 사이, 음식 냄새가 선희의 빈 위장을 자극했다. 그들의 오늘 저녁 메뉴는 일식일까, 한식일까. 일식이든 한식이든 뷔페든, 정말로 궁금해서는 아니었다. 그녀에게 노블 팰리스 식당은 끔찍하리만치 기묘한 느낌을 주는 곳이었다.

식당은 한껏 빼입은 부유한 노인들의 사교장인 동시에, 경연장이었다. 영양사가 노인의 소화력을 고려해서 영양학적으로 나무랄 데 없는 식단을 짜고, 호텔 주방장 출신의 일류 요리사는 엄선된 재료만으로 조리를 지휘했다. 하지만 결국은 집단 배식일 뿐이었다. 무심한 척 샅샅이 뒤져 보는 눈들이 께름한 단체 급식. 그 서글픈 식탁을 위해 그들이 지불하는 한 달 식대가 일인당 100만 원이 넘는다는 얘기를 들었을 때 선희는 뒤로 나자빠지는 줄 알았다. 각 호로 전해진 식단표 하단에서 식당 출입 시 가급적 복장을 단정히 해 달라는 문구를 발견했을 때엔 실소를 금할 수 없었다. 파자마 바람의 부스스한 입성으로는 한 끼 밥조차 허용되지 않는 공개된 식탁이 도무지 행복할 것 같지가 않았다.

그러나 그건 어디까지나 자신의 시각일 터였다. 선희는 당장의 현실적 과제로 생각을 돌이켰다. 자신의 텅 빈 위장의 행복을 위해, 버스 정류장 앞 편의점에서 컵라면을 익혀 먹을까, 한 줄 천 원짜리 김밥이라도 우겨 넣을까, 걸어가는 동안 결정을 내려야 했으므로.

산 253-1번지

바다여인숙 간판을 볼 때마다 선희는 피식 웃음이 새 나왔다. 바다는커녕 수채 고랑창조차 시멘트 뚜껑으로 덮어 버린 시장 통이었다. 길바닥에다 대야째 쫙 끼얹는 구정물 아니면 땟국뿐인 건 삽한 동네에 바다라니, 상상력이 지나쳤다. 더군다나 이 개명한 천지에 여인숙은 또 뭔가. 제아무리 허름한 외관에 쥐똥으로 도배한 내부일지언정 버젓이 장이나 여관 정도는 갖다 붙이는 추세도 벌써 낡은 유행이 되었지 않은가.

하긴 중고 가전제품 수리점인 금성상회와 나이킥신발가게와 꼬꼬통닭집 위로 다락처럼 엉성하게 얹혀 있는 2층을 쓰윽 올려다보고 나면, 바다는 좀 뭣해도 여인숙이라는 기념비적인 작명에는 대체로 수긍이 간다는 얼굴들을 했다. 원래 빛깔을 가늠하기 어려운 슬레이트 지붕, 바래고 삭은 두 짝짜리 목재 창틀, 그 한 쪽 창틀을 메운 바닷빛 모기장…… 여인숙 외엔 그 어떤 이름으로도 설명이 안 될 분위기였다.

선희는 바로 그 바다여인숙 아래에서 다시 휴대 전화를 꺼내 들었다. 조바심 반 건짜증 반 창대의 전화번호를 눌렀다. 여전히 먹통이었다. 노블 팰리스를 벗어나면서부터 방금 전 버스에서 내릴 때까지 거의 10분 간격으로 전화를 넣었지만 계속 그랬다. 휴대 전화를 꺼 두었거나 배터리가 다되었다는 뜻인데, 처음에는 그저 가벼운 불안감이던 것이 차츰 불길함 쪽으로 걱정이 커져 갔다.

무슨 일이 생긴 것일까.

그렇다면 창대 쪽에서 연락을 했을 텐데, 설마 연락조차 할 수 없는 지경에 처한 건 아니겠지. 그녀는 초조한 마음으로 문자 메시지를 남겼다. 죽었니? 살았니? 살았으면 빨리 전화해.

그녀는 꼬꼬통닭집으로 들어갔다. 닭집 여자가 졸음을 쫓는 얼굴로 선희를 맞았다.

"한 마리요. 바싹 튀겨 줘요."

닭집 여자는 튀김 솥의 기름 온도를 높인 뒤 냉장고에서 생닭을 꺼냈다. 가운데가 움푹 팬 둥근 통나무 도마에 얼다시피 한 생닭을 올려놓고 토막을 치는 동안, 선희는 찐득찐득한 기름때가 들러붙을세라 몸피를 잔뜩 줄인 채 닭집 여자가 앉아서 길가를 내다보던 의자에 대신 걸터앉아 자신도 여자처럼 길가를 내다보았다.

선희의 눈빛은 몽롱하면서도 진지했다. 그녀의 꿈은 언젠가는 자신의 가게 안에서 거리를 내다보는 것이었다. 패션 소품을 갖춘 옷가게가 그녀의 희망 종목인 데 반해, 창대는 카 오디오나 자동차 액세서리 용품을 취급하고 싶어 했다. 그녀가 나중을 생각해서 정비 기술을 익혀 두면 유용하지 않겠느냐고 물었다가, 기름밥은 당최 싫다며 누굴 공돌이로 만들 작정이냐고 펄쩍 뛰는 그의 뺀들뺀들한 인생관과 부딪치고 말았다.

노는 물이 다르다나, 때깔이 어쨌다나. 하여간에 폼생폼사 신봉자인 창대를 믿을 것인지 말 것인지 선희도 때때로 답이 헷갈렸다. 그렇지만 새삼 지우고 새로 쓰자니 말자니 할 수도 없는 노릇이었다. 벅벅 힘줘서 지우다 종이만 찢어지는 경우가 왕왕 있는 법이었다. 끝까지 가 보는 거지, 뭐. 이상형이라고 할 순 없지만 여태 알아온 남자들보다는 인물과 언변에서 창대가 앞서는 건 사실이었다. 그녀는 그의 그 미끈함에 끌렸다. 그가 가끔씩 무리한 요구를 해 오면 미적대다가도 결국은 들어주게 되는 것도 그래서였다.

닭집 여자는 닭 토막에 반죽 옷을 입혀서 튀김 솥 안에 빠뜨려 넣었다. 자그르르르, 기름 끓는 소리가 요란했다. 갑자기 정신이 돌아온 듯 선희가 다시 휴대 전화를 열었다. 손가락으로 열 개의 숫자들을 재빠르게 꾹꾹 찍어 나갔다.

고모는 전화를 받지 않았다. 빈방을 사납게 휘젓고 있을 전화벨 소리가 제 고막을 파고드는 것 같았다. 관할 소방서에서 독거노인 을 위해 설치해 준 긴급 전화의 벨 소리를 최대한 높여 놓은 건 물 론 해주댁이었다. 고모두 참, 가는귀가 먹지도 않았으면서…… 소 방서 사이렌 소리가 따로 없네? 간혹 한방에 앉았다가 벼락같이 울어 대는 전화벨 소리에 기겁하며 핀잔을 주었지만, 그래야 대문 간 옆 변소에서도 들을 수 있다는 해명이 돌아올 뿐이었다.

해주댁은 또 마실을 나가고 없는 모양이었다. 무릎 관절이 쑤셔 서 걷기가 힘들다는 말은 말짱 거짓말이지 싶었다. 해주댁이 가는 곳이라야 언제나 빤했다. 아침저녁으로는 노인 회관에서 어깨 너 머로 동전 내기 화투판을 들여다보았고, 낮에는 주로 동네 의원이 나 약국을 돌았다. 어떤 날엔 총기 흐린 노인들을 상대로 건강 보 조 기구나 보양 식품 판촉을 벌이는 수상쩍은 행사장에 가서 머릿 수 채워 주고 먼지 풀풀 나는 두루마리 휴지나 반찬통 세트를 얻어 오거나, 생색 일색인 경로잔치에 동원되어 가서 눌린 머릿고기 몇 점에 쑥인절미를 집어먹고 오고는 했다. 얼마 전에는 좀 멀리 무슨무슨 복지관에서 상설로 연다는 노인 대학 한글반에 등록해서 필기구와 공책 따위를 받아 왔다. 뒤늦게 열심이 났는지 한 며칠 들락거리는가 했더니 이내 때려치우고는 다시 동네 노인 회관으로 복귀했다. 머리에 쥐가 날 것 같잖냐? 애처럼 혀를 쑥 내밀었다 들이며 웃는 바람에 선희도 야단을 못했다.

해주댁은 평생 글씨를 모르고 살았다. 생전에 해주댁의 오빠인 선희의 아버지가 온갖 구박으로 글씨를 가르치려 들었지만, 웬걸, 해주댁은 그럴 때마다 입을 헤 벌리고 까막눈 시늉을 했다. 모자라는 듯하지만 아주 모자라지는 않아서 장바구니 셈은 어긋나지 않았고 그럭저럭 말귀도 알아먹었다. 하지만 해주댁은 천성이 게으르고 놀기 좋아하고 귀가 얇아서 살기가 고달팠다. 부지런히 손을 놀려도 먹고살기 빠듯할 마당에 젊어서부터 진득이 일을 붙이지 못하고 구경거리 따라 내빼는 통에 얹혀사는 오빠에게 욕도 많이 듣고 매도 많이 맞았다.

해주댁은 제 식구 없이 혼자 늙었다. 젊어서는 '해주처자'로 불리다가 나이 들면서는 자연 '해주댁'으로 굳어졌다. 처음에는 일찍 상처한 오빠가 걸려서 혼사를 미뤘고, 나중에는 애 딸린 재취 자리도 나서지 않아서 인연 맺음을 포기했다. 시근(始根)이 모자랐어도 모지락스럽지 못한 해주댁이었다. 선희를 낳고 이레 만에 산독으로 죽은 올케 대신 선희를 씻기고 먹이고 입혔으며, 펼 날 없는 안살림을 재주껏 쪼개 붙였다. 페인트 도장공이던 선희 아버지가 직장암으로 운신을 못하게 되자 죽는 날까지 대소변 치다꺼리도 찡그림 없이 해냈다. 살면서 고집을 세우는 일도, 그악을 떠는 일도 적었다.

그런데, 선희는 몰래 고개를 저었다. 남들에게는 미덕이었을 해주댁의 그 모든 헌신이 어쩌자고 자신에게는 비굴한 미련으로 비쳤다. 선희는 고모가 있어 자신이 있었다는 사실을 부정하지 않았다. 그러나 한편으론 제 의지가 되어 주어야 할 고모가 아버지에 이어 저를 의지붙이로 삼는 현실이 부담스러웠다. 등에 진 짐짝처럼 무겁고 거추장스러웠다.

창대를 만나고부터였는지, 선희는 고모에게서 달아날 궁리를 세우기 시작했고, 이제는 하나둘씩 실행에 옮기는 중이었다. 배은 망덕이라고 손가락질을 해도 하는 수 없는 일이었다. 다행인 것은 해주댁이 법적으로 무의탁 처지인 데다 생활 보호 대상자로 등재되어 있어서 다달이 정부 보조금이 나온다는 점이었다. 거기에 무료 의료 혜택과 민간 후원 단체의 정기적인 방문 관리도 받고 있었다. 무의탁 독거노인치고는 형편이 나은 편이었다. 최소한의 기초 생활은 가능했으므로 선희는 자신의 죄책감이 한결 덜어지리라고 믿었다. 비록 그 죄책감으로부터 완전히 자유로울 수는 없으리라는 것도 모르진 않았지만.

"다 됐어요."

닭집 여자가 검은 비닐봉지를 내밀었다. 선희는 따끈따끈한 온기가 전해지는 비닐봉지를 들고 시장 통 길로 나섰다. 오래된 주택가답게 세상살이의 이런저런 수요와 공급의 법칙에 의해 자연적으로 형성된 상권이었다. 그러나 모든 것이 이전 같지 않았다. 그 거리의 일상을 주도하던 촌스러운 활기는 열패감과 조바심으로 꺾이고 있었다. 한 블록 아래까지 아파트 단지와 대형 상가들이 반듯한 규모로 들어서고 있어서 삶의 터전이 상대적으로 옹색해져 버린 까닭이었다.

선희는 바다여인숙 건물을 빠른 걸음으로 벗어났다. 해주댁으로 인해 더러 낯을 익힌 얼굴들과 부딪쳤지만 모두 데면데면하게 지나쳤다. 그녀는 과일 가게에서 크고 좋은 수박 한 덩이를 골랐다. 값이 보통 것의 두 배나 되었다. 그녀로서는 드문 과용이었다.

해주댁은 아직 집에 돌아와 있지 않았다. 힘 한번 쓰면 우지끈 넘어갈 것 같은 허술한 쪽문에 두꺼비만 한 자물통이 걸린 채였다. 선희는 허드레 물건들을 담아 두는 궤짝 밑을 들치고 비눗갑 속에서 열쇠를 꺼냈다. 열쇠는 자물쇠 안에서 쉽게 돌아가지 않았다. 지난번 재봉틀 기름을 친 뒤로는 한동안 부드럽게 열리는 기척이더니 요 며칠 꿉꿉하던 날씨가 또 구멍 안에다 녹꽃을 피운 모양이었다. 한참 더 애를 쓰고서야 간신히 쇠 벌어지는 소리가 났다.

문을 열면 곧장 부엌이었다. 천장이 낮고 출입문 외엔 빛 드는 쪽창 하나 없는 구조였다. 부엌에는 음식 냄새보다 물비린내와 곰 팡내와 눅눅한 냉기가 진을 쳤다. 전구를 켜자 배수구 둘레의 미 끈거리는 암녹색 물이끼가 불빛을 받아 번들거렸다.

부엌을 통과해서 방으로 올라서자면 열쇠로 문을 한 번 더 따야 했다. 집어 갈 것도 없는 살림 단속에 열성을 다하는 이유를 물었 을 때, 고모는 쑥스러운 듯 늙었거나 젊었거나 명색 여자 혼자 사 는 처지임을 강조했었다. 날림 집이라 옆방에 세 든 늙수그레한 홀아비의 밭은기침 소리가 밤에 벽을 건너온다는 말을 꺼낼 때 고 모의 말투에는 분명 내외하는 기색이 실려 있었다. 드나드는 시간 대가 서로 달라 마주치는 법이 거의 없다면서도. 그땐 선희도 마 음이 시큰했다. 고모는 남자를 알까. 결코 교태라고 할 수 없는 그 수줍음은 남자에 대한 무지와 낯섦과 기이한 동경에서 기인하는 것이 아닐까.

그래도 방에는 들창이라고 하나 뚫려 있었다. 들창은 뒷집 담벼 락과 맞닿다시피 붙어 있어서 환풍이 여의치 않았지만 외기가 스 치기라도 하니 숨 쉬기는 나았다. 여기저기 엉성한 꼴을 하고 있 어도 월세가 만만찮았다. 해주댁의 생활 보조금에서 매달 10만 원 이 주인의 손으로 건너갔다. 수도세와 전기세 따위 명목으로 걷어 가는 돈이 별도로 1만 5천 원이었다.

선희는 물정 흐리고 매사 어수룩한 고모가 저와는 상의 없이 구 해 옮긴 방을 둘러보고는 발칵 성질을 냈었다. 순 도둑년 심보야.

고모는 보증금 100만 원짜리 방이 오죽하겠느냐고, 양로원 차례도 쉽지 않으니 그저 감사할 밖에라고 선희의 입을 막았다. 주인 여자가 들을지 몰라서였다. 해주댁은 해야 할 말엔 서투르고 저보다 나아 보이는 사람에겐 약했다. 그녀가 특히 기신거리는 대상은 주인집 족속이나 각종 정부 보조의 칼자루를 쥐고 있는 통장, 관변 단체나 시설에서 나오는 담당자들이었다. 선희는 해주댁의 그 점을 못마땅하게 여겼지만 상전 모시듯 쩔쩔매는 태도를 고쳐 놓을 수는 없었다.

"웬 수박이냐?"

어느새 왔는지 해주댁이 뒤따라 들어섰다. 가는 말이 늘상 곱지는 않은데도 고모는 선희만 보면 히쭉 웃었다. 그러고 보니 오빠인 선희 아버지와 조카인 선희에게도 매양 저자세였다. 선희는 공연히 툴툴거렸다.

"만날 어딜 돌아다녀? 다리 아프다면서?"

"병원 가서 찜질하고, 거기서 주는 쪽지 받아다가 약국 가서 약 타 오고…… 근데 뭔 날이냐? 온 닭을 다 튀겨 오게?"

해주댁이 선희가 들고 온 비닐봉지를 풀어헤치며 지레 너스레를 떨었다. 그러나 선희는 고모의 혜식은 웃음기에 넘어가지 않았다. 손윗어른이거나 말거나 일마다 미덥지 못한 고모인지라 단단히 잡도리를 해 둘 요량이었다.

"허구한 날 병원 가면, 거기서는 반가워라 한대? 약국도 그래.

공짜 약이라고 뻔질나게 타 먹으면 뒤에서 욕하는 거 몰라? 그뿐이야? 나중에 아파 봐, 주삿발, 약발도 안 듣는다구."

"얘는, 간호사 아가씬지 새댁인지가 얼마나 친절한데. 거기 의사 양반도 싹싹해서, 할머니 쑤시면 언제든지 나오세요, 그런다? 약국에서도 나 들어서기 무섭게 냉장고에서 박카스부터 꺼내……."

"고모!"

선희의 서슬에 해주댁이 움찔 어깨를 좁히며 물러앉았다. 눈 둘 곳 찾지 못해 뚤렷거리는 고모가 한편으론 측은해서 다정까지는 아니어도 어조를 조금 누그러뜨려서 물었다.

"밥은?"

그 한마디에 해주댁이 냉큼 반색으로 다가들었다. 무르디무른 성정이었다.

"닭이랑 수박 먹으면 되겠네. 참, 너는? 밥해 주랴?"

"관둬. 여태 밥도 안 먹고 다녀?"

"병원에서 깜빡 잠이 들어 버렸다. 푹 자라고, 부러 안 깨웠댄다. 니 생각하고는 달라. 사람들이 내 형편 아니까 불쌍하다고……."

"제발 거지같이 굴지 말랬지? 만날 얻어먹고 얻어 쓰고 얻어 타고, 아주 인이 박였어. 창피하지도 않아? 고모보다 더 나이 많은 호성이 할머니도 닭집 건너편에서 도라지 까고 앉았더라. 아람이 할아버지는 저 아래 아파트에 가서 빈 박스 걷어 오고 아람이 할머니는 새마을금고 앞에서 도토리묵 쑤어다 팔더라. 다들 그렇게 살아. 까짓 돈 몇 푼, 우습지. 어쨌거나 기를 쓰고 살잖아? 기를 쓰고 살려고들 하잖아? 나도 힘들게 일해. 하늘에서 뚝 떨어진 듯이 잘난 척하는 년들 비위 맞춰 가면서 일해. 고모처럼 주는 거 거저 받아먹는 짓 안 한다구. 뺏어서라도, 훔쳐서라도, 사기를 쳐서라도 가져올 궁리를 하지, 동냥하듯 던져 주는 건 안 받아 온다구!"

선희가 악을 써 대는 사이 해주댁은 세운 무릎을 두 팔로 끌어 앉은 채 쿨쩍거리고 있었다. 아버지가 살았을 때에도 그랬었다. 해주댁은 매질도 욕질도 피하지 않고 우두커니 앉아서 당하곤 했었다. 선희는 생각과는 다르게 튀어 나가는 말들을 수습하지 못하는 가운데에서도 자신이 세상에서 가장 만만한 고모를 상대로 화풀이하고 있다는 사실은 깨닫고 있었다. 제발 맞고함이라도 쳐 자신의 막말을 막아 주기를 바랐건만, 고모는 조카의 악다구니에 백치 같은 울음으로 맞서고 있을 뿐이었다.

해주댁 : 형님, 내가 저를 어떻게 키웠는데? 올케 언니, 선희 년 낳고 젖 한 번 빨려 보지 못하고 죽는 바람에 내 빈 젖 물렸더니, 아이고 고 어린것이 젖부리 빠지게 빨아 대면서 울어 젖히는데…….

그야 젖이 안 나오니까 울지, 배고픈 줄은 아니까. 요샛말로 치면 그게 바로 공갈 젖꼭지지, 안 그래, 형님? 그땐 시절도 그랬고, 맨종아리 내놓는 것 부끄러워 낯 붉힐 처녀 적인데도 숨넘어가게 자지러지는 핏덩이 앞에서는 에라, 가슴 풀어헤치게 되더라니까.

어떻긴? 얼얼하고 근질거리고…… 지금도 그 생각하면 기분이 요상하구만.

말 말우, 올케 언니 죽고 나서부터 울 오빤 술에 절어 살았어. 애는 뒷전이고, 죽이 끓는지 밥이 끓는지 살림도 내 몰라라고. 울 언니 안 죽고 살았으면 어쨌을라나 몰라도, 울 오빠 하던 행사로 봐서는 살았어도 고생깨나 했겠습디다. 울 언니 대신 그 고생바가지 내가 옴팍 덮어썼지. 울 오빠나 선희 년이나 지들 덕에 내가 밥술 안 굶고 산 것처럼 말하지만, 형님, 말이야 바른 말이지, 내 평생 식모살이한 삯이 겨우 고거야. 절반에 절반도 못 미치지, 암.

마누라 죽은 홀아비라고 다 울 오빠처럼 살진 않을 거야. 젊으나 젊은 마누라 따라 못 죽어 애통해하는 것도 아니면서 그냥 맥을 탁 놓고 살데. 거 뭣이냐, 죽을 날 받아 놓은 반송장처럼 말예요. 그래도 좀만 더 버티다가 선희 년 시집가는 거나 보고 죽었으면 싶습디다. 저쪽 집에서 고아라고 흉볼 거 아니우. 나 때도 부모 없이 오라비랑 둘이 산다고 남자 집에서 싫어하던데.

그래요, 이제사 말이지만 나도 갈 뻔했지요. 근데 어떻게 가? 홀아비 오빠 걸리고, 어린 선희 년 걸리고…… 내 서방 내 새끼 있음 아무리 하늘 똥구녕 밑에 둘뿐인 오빠네 일이래도 차별이 지지.

공치사하려는 게 아니고 형님, 선희 년이 날 숫제 거지 취급하는 게 서러워서 그려요. 내가 거지면 지 년은 거지 조카밖에 더 되우? 내사 이름도 못 옮기겠는 노…… 뭐라는 데 일 댕기기 시작함

서부터 날 아주 깔아 본다니까. 왜, 돈 많은 영감, 할망구들이 집 두고 자식 두고 들어가 산다는 데 있잖우, 남이댁이 소개해서 들어간 자리. 노…… 뭐라고 입에도 안 붙는 기다란 서양 이름 붙여 봤자 우리말로 바꾸면 양로원 아니겠소? 돈이 있다 뿐이지 지들이나 우리나 젊은것들한테 밀려나긴 마찬가지면서 웬 호령은 어지간히 해 쌓는가 봅디다.

형님, 한 잔 더 줘요, 아끼지 말고 꽉꽉 채워서. 울 오빠 술로 보내서 날랑은 절대 안 마실 거 같아도, 그래도 서럽고 더러울 땐 술이 좋네요, 형님.

바다여인숙

아예 낡은 건물을 허물고 새로 짓거나, 개·보수로 안팎을 쇄신하는 추세에 바다여인숙만이 옛 모습 그대로 볼썽사나운 몰골이었다. 비교적 고른 치열 가운데 까맣게 썩은 옥니 하나가 콕 박혀 버티는 것처럼 보였다. 지은 지 30년을 넘겼다니 선희보다 세상을 더 오래 구경한 셈이었다.

2층 여인숙으로 오르는 계단은 좁고 가팔랐다. 그녀는 계단 끝에 올라서서 숨을 골랐다. 기척을 들었는지 내실 유리창 너머로 최 씨의 머리통이 불쑥 솟았다. 딱 한 사람 발 뻗을 공간뿐인 내실 바닥에 팔을 괴고 옆으로 누워서 텔레비전을 보고 있다가 누군가가 유리창을 톡톡 두드리면 그제야 굼뜨게 몸을 일으켜 밖을 내다

보는 게 최 씨의 일이었다.

"창대 나가고 없는 것 같던데?"

"나가고 없어요? 아직 안 들어온 게 아니고요?"

"아까 낮에 들렀댔지. 담배 사러 밑에 내려갔을 때 나랑 엇갈렸
으니까……."

"그럼 자고 있겠네요, 뭐."

딴에는 긴장이 풀려서 깊은 잠에 빠졌었다면 전화를 못 받았을
수도 있었겠다. 성급하게 앞서는 그녀의 이해심을, 최 씨가 여지
없이 뭉개 버렸다.

"웬걸, 타고 왔던 차도 안 보이던데?"

"차를…… 타고 왔어요?"

선희는 거칠고 물기 없는 음식을 넘기는 것처럼 마른침을 삼키
고 나서 떨떠름하게 되물었다. 그러자 최 씨는 하품 끝의 물기를
눈가에 그렁하게 매단 채 창대의 품행을 비꼬았다.

"창대야 늘 매물로 나온 차, 소장 몰래 끌고 다니잖아? 시험 운
전은 핑계고 그럴 듯하게 보여서 헛바람 든 여자애 꼬여 내려는
수작이지. 거기도 그렇게 넘어갔지?"

선희는 대답 없이 복도로 몸을 돌렸다. 반 백수 최 씨의 훈계를
듣느니 창대가 장기 투숙객으로 들어 있는 방에 가서 청소나 하며
그를 기다릴 일이었다.

창대는 중고 자동차 매매 영업소에서 일했다. 처음 창대를 만났

을 때 그는 자주색 코란도를 몰고 있었다. 선희도 당연히 코란도를 창대의 소유로 생각했다가 실망한 것은 사실이었지만, 그땐 이미 그의 반들반들한 외모와 구변에 넘어간 뒤였다. 요즘 세상에 자동차야 얼마든지 굴릴 수 있는 필수품이니 새 차인들 장만 못할 이유가 없었던 것이었다. 그녀만 해도 나중에 자신의 가게를 내기 위해 모으고 있던 돈을 털어 자동차를 살 형편이 되었다. 비록 지금은 그 돈조차 창대에게 빌려 주고 빈 통장이지만.

6호실 방문을 열었다. 창대는 문을 잠그지 않고 다녔다. 주로 눈을 붙이기 위해서나 선희랑 노닥거리기 위해서 드나드는 방이니만큼 값나갈 만한 물건을 갖추어 두지도 않았다. 상시 펼쳐 놓은 이부자리에다, 옷가지와 슬리퍼와 세면도구 따위가 손 편하게 널려 있는 정도였다.

그런데…… 방 안으로 들어서는 순간 선희는 뭔가 휑해진 느낌을 받았다. 정돈이 되었다기보다는 어딘지 휑하니 비어 있다는 느낌이었다. 모처럼 개켜져 있는 이부자리, 무심히 흔들어 보니 다 써서 버려야 할 스프레이 무스 통, 바닷빛 방충망이 쳐진 창 앞에 놓인 재떨이……들. 남의 손을 탈 염려는 있지만 이래저래 늘어나게 마련인, 사람 드나드는 자리의 기본이랄 수 있는 소지품들의 자취 없어짐. 그랬다. 어제와 확연히 달라진 방 안의 풍경이었다.

선희는 계속 밀어내고 있던 희미한 불안이 구체적인 형태를 띠고 엄습해 오는 충격에 사로잡혀 방 안을 서성거렸다. 그러다가

바닥에 털버덕 주저앉았다. 마지막으로 자신의 경악에 찬 시선을 붙들었으며, 그로써 불안의 정체가 더욱 명확해질 수밖에 없었으며, 그럼으로 최후 통고장처럼 되어 버린, 창대 대신 남아서 벽을 장식하고 있는 물건의 질타를 똑똑히 알아들은 때문이었다.

이 헛똑똑이야! 그러게 내가 아무도 믿지 말랬지!

벽에 걸린 채 그녀를 조소하고 있는 것은 연하고 흐린 국방색 점퍼와 챙 모자였다. 상습 병목 구간의 갓길에 봉고차를 세워 두고 전투기 조종사용이라며 너스레를 떨던 장사꾼에게서 선희는 그 점퍼를 샀다. 창대가 마음에 들어해서였고 그녀도 무언가 기념이 될 만한 것을 사 주고 싶어서였다. 장사꾼은 피엑스에서 뒤로 빠진 진품이라고 후렸지만 선희도 창대도 그 말을 믿을 만큼 어리석지는 않았다. 청계천이나 남대문에서 흘러나왔을 것이지만 그러려니 속아 주는 체하고 대신 값을 조금 더 깎았을 뿐이었다. 그리고 그것은 이제 조종사용 점퍼가 아니라, 그녀보다 덜 어리석은 그가 보란 듯이 벗어 두고 간 허물에 불과했다.

선희 : 야, 니네 엄마가 너 가졌을 때 이글거리는 용광로가 아가리를 쩍 벌리고 온갖 쇠붙이를 집어삼키는 꿈을 꿨다고? 거짓말이지? 울 엄마는 나 가져서 꽃밭에 앉아 울었다더라. 붉은 꽃들이 자욱이 피어 있는데 그게 그렇게 슬프더란다. 고모가 얘기해 줬지. 늙은 숫처녀 고모. 지금쯤 잔 꺾고 있겠다. 고모가 거지냐고 박박

긁고 왔거든. 거지보다 더한 등신 주제에 꼴값을 떨었어, 내가.

그런데 너 왜 내게 이런 짓을 하니? 하필 왜 나니? 짜고 치는 고스톱인 줄 알고 속은 나도 한심하지만, 야, 나 같은 년한테까지 사기나 치고 돌아다니는 너란 새끼도 참 한심한 악질이다. 벌써 또 어디선가 작업에 들어갔겠다? 오늘 날치기한 그랜저 팔아넘기기 전에 너 입버릇으로 주워섬기던 쭉쭉빵빵 태워서 재미 볼 것 다 보고, 털어먹을 것 다 털어먹고, 그다음엔 나같이 한심한 고년 미끼로 세워서 한탕 치고 잠수 타겠지?

생각처럼 쉽게 접힐 일이 따로 있지. 그게 어떤 돈인데, 어떤 위험 부담을 지고 빼돌린 찬데……. 미친개에게 물린 셈 쳐? 교통사고 당한 셈 쳐? 그렇담 창대 넌 미친개고 뺑소니 도주범이야. 가해자가 무면허에 주거 부정이니, 피해자야 후유증으로 반신 마비가 오든 비명횡사를 하든 법이 무슨 소용이겠냐? 그냥 재수 더럽게 없었던 거지. 그리고 너, 너 기어이 잡아 넣어 봤자 나도 안전하지 못할 거라고 계산했을 거고. 맞아. 나 끽소리도 못해. 그 새끼 잡아 달라고 어디 가서 하소연을 하겠니, 넋두리를 하겠니? 니 꿍꿍이대로 나도 공범인데.

그런데 한 가지 궁금한 게 있다. 그 꿈 정말 니네 엄마가 너 가져서 꾼 거 맞을까? 울 엄마는 정말 꽃밭에 앉아서 울었고?

너도 전에 나더러 궁금하다며 물었었지? 왜 열쇠나 쇳조각으로 멀쩡한 것마다 몰래 긋고 다니느냐고?

그랬어. 난 멀쩡한 것을 견딜 수가 없어. 생채기를 내고 싶거든. 그 상처가 바람에 닿아 발갛게 피워 올리는 녹꽃을 보고 싶거든.

이제 알 것 같네. 울 엄마가 꿈에서 본 붉은 꽃, 아마 붉은 쇳가루가 땅에 떨어져서 피운 녹꽃이었을 거야. 그리고 울 엄마가 꿈에서 운 건, 세상을 가득 덮은 그 녹꽃에 가려 내가 보이지 않아서였을 거야.

세상을 녹꽃이 뒤덮어 버리게 된 건, 세상의 모든 사람들이 저마다 몰래 생채기를 냈기 때문일 거고…… 그 상처에 바람이 닿았기 때문일 거고…… 파슬파슬한 붉은 가루가 땅에 떨어져서 마침내 꽃을 피웠기 때문일 거야. 베어지지도 않고 썩어 넘어가지도 않는 붉은 꽃, 쇠꽃을 말이야.

「쇠꽃」, 문이당, 2003.

얼음 바위

이번에도 비가 내렸다. 이번에도, 라는 것은 전에도 늘 그랬다는 이야기가 되겠는데, 실제로 내 기억 속의 석남사(石南寺)는 한 번도 비를 피하지 못한 채 물빛에 휘감겨 있었다. 내가 석남사를 찾을 때마다 마침 비가 내렸던 것인지, 비가 부슬거리기 시작하면 공연히 들썩이는 역마의 기운 탓이었는지 확실치 않다. 그리고, 나선 길에 비가 내렸건 비를 보며 길을 나섰건 그 또한 별로 중요하지 않다. 다만 쨍쨍 마른날의 석남사는 어쩐지 낯설다는 사실이었다.

"애, 엄마가 어렸을 땐 글쎄 이 길이……."

옆 자리의 아들아이를 흘낏 쳐다보고는 그만 입을 다물어 버렸다. 아이는 와이퍼가 좌우로 움직이면서 만들어 낸 부채 모양의 열린 시야를 통해 무심히 다가오는 빗발을 내다볼 뿐이었다. 제 쪽에서 청한 나들이도 아니고, 놀이동산 같은 곳으로 향하는 길도 아니고, 적막한 집구석에 혼자 남을 수가 없어 마지못해 따라나선 참이었으니 잔뜩 골이 났을 법도 하다.

이제 열 살인 아이는 곧잘 무표정한 얼굴로 침묵의 항변을 들이밀어서 사람을 곤혹스럽게 만들었다. 말수가 적은 아이란 말수가 많은 아이보다 아무래도 속내가 덜 비치는 법이니까. 열 살을 맞는 생일 아침에는, 아, 드디어 10대로 들어서는군, 하는 말로 다가올 사춘기를 암시하는 듯해서 내심 철렁하지 않았던가. 여섯 살 어느 날에는 창가에 붙어 서서 등굣길의 이웃 아이들을 물끄러미 내려다보다가 툭 던지듯 말했다. 쬐끄만 것들이 학교 가네. 저 무거운 가방 메고. 적어도 저에겐 한참 형뻘인 그 아이들을 되레 측은해하던 시선이라니. 어린애답지 않은 시큰둥한 말투라든지 처연한 대응이라든지, 아이는 보고 살피는 것이 늘어갈수록 점점 부담스러운 존재가 되어 가고 있었다.

"아직 멀었어?"

"거의 다 왔어. 길이 좋아져서 생각보단 금방이네, 뭐."

"거긴 뭐가 있어?"

"암것두 없어. 그냥…… 작은 절이야."

"근데 왜 가?"

아이도 이따금씩은 꼬장꼬장 따지고 들기를 좋아했다. 수량이나 크기를 물을 때 특히 정확한 답변을 요구해 왔다. 글쎄 한 서너 개? 한 뼘쯤 되려나? 그런 식으로 두루뭉술 답을 하면 대번 갑갑해 죽겠다는 얼굴을 들이댔다. 세 개면 세 개, 네 개면 네 개, 분명하게 말해 줘. 혹은, 몇 센티미터라고 말해야 내가 알아듣지, 그랬다.

"그대로 있나 보려고."

"그게 다야?"

"그래, 그게 다야."

"그대로 있지 않음?"

"할 수 없지."

아이는 좌석 등받이를 한껏 뒤로 젖히고 깍지 낀 손을 머리 밑에 집어넣었다. 못마땅하지만 참는다, 라는 시위.

평일에다 우중(雨中)이어서 앞서 가는 차도 뒤따라 붙는 차도 드문드문했다. 이 길이 전에는 질척거리는 비포장도로였는데…….

새로 갈라지는 길들이 자꾸 나타나는 바람에 그 하나 마나 한 생각도 오래 품고 있을 수가 없었다. 도로 표지판의 낯선 지명들을 급히 읽으며 지나칠 때마다 갸우뚱거려지고 더 헷갈리기만 해서, 지금 내가 가긴 제대로 가는 건가, 조금씩 불안해지기 시작했던 것이다. 도로 주변의 풍경 역시 여느 한적한 지방 국도와 크게 다르지 않았다. 심심찮게 눈에 띄는 갈비집과 오리, 사철탕 따위의 보신 요릿집 간판들, 멋대가리 없게 뚝딱 지어 올린 개량 주택들, 유럽풍의 외관을 갖춘 모텔들까지. 그 대동소이의 전원(田園)이 내 시효 만료된 길눈을 더욱 흐려 놓고 있는 건지도 몰랐다.

"배고프면 뭐 좀 먹고 갈까?"

"됐어."

"배고프면 말해."

"아직은 아냐."

밥 먹는 건 지독히 싫어하면서도 군것질은 마다 않는 아이가, 과자나 음료수는 안 되나? 하고 묻지 않는 걸 보면 심기가 편치 않다는 뜻이었다.

"아프니?"

"아니."

"멀미 나는 것 같아?"

"아니."

"엄마 따라다니는 게 싫어?"

"가끔."

드디어 도로 표지판에 석남사가 나타났다. 방향에 자신이 붙어 액셀러레이터에 올려 둔 발에 힘을 가했다. 빗발이 좀 더 거세게 앞 유리창에 부딪쳐 왔다. 아이는 등받이를 도로 세우고 자세를 반듯하게 고쳐 앉았다.

"아빠한테서 전화 왔었어."

결국 그 때문이었나. 제 아버지에게서 연락이 오고 나면 아이는 얼마 동안 심드렁하니 말수가 더 준다거나, 재미없어 하는 얼굴로 침대 위를 뒹군다거나, 내가 딴 일에 신경을 쓰는 사이 방 안에 틀어박혀 앨범을 뒤적이고는 했다. 아이의 표현을 빌자면 '그 좋았던 시절'이 눈치 없이 펼쳐지는 사진들. 아이의 아버지에 대한 갈증이 채워질 수 없게 된 사연이야 어쨌건, 이제 열 살인 아이에겐 납득하고 안 하고 간에 엄청난 스트레스가 된 것만은 분명했다.

"언제?"

"어젠가, 그젠가? 엄마 슈퍼에 가고 없을 때."

"그랬구나."

"아빠가, 이담에 내가 중학교쯤 가면 아빨 이해하게 될 거래."

"그래, 그럴 수 있을 거야."

"근데, 내가 중학교쯤 가면 아빨 더 나쁘게 생각하게 되지 않을까?"

"그럴지도 모르고."

대수롭지 않게 대꾸하려는 의중과는 달리 목구멍이 벌써 깔깔해졌다. 흠흠, 공연한 헛기침을 해 대고, 서서히 오르막으로 이어지는 고빗길에 맞춰 기어를 4단으로, 다시 3단으로 내렸다. 길 양옆으로 상점 건물들이 느는 것으로 봐서 절 입구에 다다른 성싶었다.

"거 봐라, 다 왔잖니."

나는 아이가 간간이 열어 보이는 마음의 우물이 의외로 깊고 아득하다는 것에 대견함을 가지기는커녕, 오히려 속수무책 안타까워지곤 했다. 아빠가 나쁘고 그래서 엄마가 불쌍하다거나, 반대로 아빠 쪽이 안됐고 엄마는 너무했다거나 하는 직접적인 표현이 없는 아이. 문득 아이를 내 편으로 끌어들여야겠다는 치사한 조바심이 들어 구슬리다시피 대답을 유도하면 아이는 아무 동요 없이 딱 자르는 것이었다. 내게 그런 거 묻지 마. 말하고 싶지 않아. 아이가 유지하고 있는 부모의 일에 대한 거리감과 균형 감각이 도무지 열 살배기의 것 같지가 않아 나는 때로 서운하였고, 때로 섬뜩하였다.

"저거야?"

아이가 예서체의 한문 현판을 가리켰다.

"가지산 석남사, 그렇게 써 있는 거야."

아스팔트 국도는 급격히 휘돌아치는 시내〔川〕처럼 절 입구까지 바짝 근접했다가 아슬아슬하게 꺾였다. 전에는 없던, 몇 개의 붉은 기둥에 기와를 얹고 현판을 내건 출입문이 내 낡은 기억과 마찰을 일으키는 바람에 하마터면 제때 핸들을 꺾지 못하고 곧장 그쪽으로 돌진할 뻔했다.

아이는, 매표소 건너편에 비닐 우의를 뒤집어쓴 채 쭈그리고 앉은 노파에게서 산, 군밤 봉지를 들고 작고 야윈 체구로는 좀 버겁다 싶은 우산으로 비를 가리며 저만치 앞서 갔다. 상수리나무 묵은잎들이 지난가을을 보는 듯 자욱자욱 쌓인 틈새로, 불길한 색조를 띤 버섯들과 푸른 잔대 잎이 철모르게 무성했다. 숲은, 숲만은 그대로였다.

주차장에서 돈을 내고, 매표소에서 또 얼마를 더 내고, 그런 다음 그 거창한 현판 아래를 통과할 때에는 으레 그러려니 하면서도 입맛이 썼다. 속아 넘어가는 기분도 있었다. 예전에도 절까지 거의 평지나 다름없던 오솔길은 넉넉하게 넓었고, 함부로 구르는 자갈 한 알 없달 정도로 뉘* 고르듯 차분히 다져져 있었다. 그때 추적추적 내리는 비를 맞으며 걸었던 그 길이 숨 막히게 처연하고 아름다웠더라는 기억은, 그러나 슬그머니 접어야 했다. 어차피 차량을 통제하는 데다 길 또한 곧고 반듯한데, 왜 굳이 딱딱한 시멘트로 덮어 버렸을까, 아쉬움이 일었으므로.

"뭐 해?"

아이의 재촉을 받고서야 나는 보폭을 넓혔다. 나무 둥치 사이로 언뜻 드러나 보이는 계곡 기슭에 채 녹지 않은 얼음 바위가 차가운 심장처럼 한기를 끼쳤다. 막바지 2월이었고, 꽁꽁 응어리진 마음 풀리듯 비가 내리고 있었고, 산중이긴 해도 남쪽의 날씨는 그런대로 온화하였는데, 세차게 흐르는 물줄기를 지척에 두고 앵돌아진 사람 같은 얼음 바위라니……. 나는 얼음 속에 갇힌 이끼처럼 몸을 떨었다.

"다리다!"

나란히 걷게 된 아이가 다시 호르르 뛰어갔다. 절 집은 계곡 건너편에 위치해 있었고, 상류 쪽에 조그만 다리가 하나 더 놓였을 뿐 따로 돌아가는 길이라곤 없었으므로 청운교(靑雲橋)는 사바

*뉘 : 거친 쌀 속에 등겨가 벗겨지지 않은 채로 섞인 벼 알갱이.

(娑婆)와 반야(般若)의 경계이자 통과 의례인 셈이었다. 나는 억지를 쓰듯, 이 돌다리를 건너면 사물의 본질과 세속 잡사 수다한 이치를 절로 깨달을 수 있을까 생각했다. 그러나 한편, 사는 이치를 몰라서가 아니라 집착을 버리지 못해 우왕좌왕하는 것이리라, 여겨졌다. 하긴 집착을 버리는 것부터가 깨달음이겠지만.

쇠락한 반가(班家)의 사저(私邸) 같았다고나 할까. 어렸을 적에도 하필 궂은날만을 골라 스며들듯 이 절 집을 찾았다. 거의 쓰러질 지경의 퇴락한 분위기 때문이었다. 기억 속의 절 집은 희끗하게 바래 가던 단청과 무너져 가던 돌담이 말해 주었듯, 조용히 세월 속으로 침잠해 들어가는 노년의 겸허함이 있었다. 속진을 털어 낸 무위가 있었고, 무엇보다 버려진 자의 낮아진 마음이 있었다. 아아 그때, 나는 이미 그런 것들을 아끼고 사랑했던가.

돌이켜 보면 20년 가까운 시간이 흘렀다. 그런 만큼 변화란 자연스러운 것이려니 미리 양보했던 부분도 적잖았는데 막상 경내로 들어서는 순간 동명이인의 낯선 사람과 어긋난 대면을 할 때처럼 아연했다. 절은 완전히 변해 있었다. 내 기억을 완벽히 배반하는 그런 모습으로.

오지(奧地)는 사라졌다……. 착잡함을 비집고 그 문장이 떠올랐다. 어떤 사유의 절차도 거치지 않고 비명처럼 불쑥 떠오른 문장을 나는 두어 번 더 중얼거렸다. 오지는 사라졌다, 오지는 사라졌다…….

"어때, 그대로야?"

아이는 우산을 젖뜨리고 일부러 비를 맞았다.

"아니."

"그럼 허탕이네?"

"왜 허탕이야?"

"그대로가 아니니까."

"그대로가 아니라는 걸 알게 됐잖아."

"그게 뭐…… 여기도 아빠랑 왔던 데야?"

제 질문이 멋쩍었던지 아이는 팽그르르 우산을 돌려 물방울을 튀겼다. 나는 아이를 바라보지만 아이는 끝내 나와 눈을 맞추지 않았다. 아이가 말하고 싶은 건 제 아버지와 동행이었는가가 아니었다. 누구와 함께 왔건 그걸 궁금해하는 게 아니라, 지금은 우리 둘뿐이고, 가족을 이루는 구성원 가운데 누군가가 빠져 있다는 걸 환기시키고자 하는 것이었다.

"그땐 아빨 만나기도 전인데?"

"옛날 옛날이었네, 그럼?"

"그래, 옛날 옛날이었어."

아이에게 '옛날'은 아버지와 한집에서 뒹굴던 시절을 의미했고, '옛날 옛날'은 제가 태어나기 이전 부모 각각의 역사를 의미했다. 다시 옛날로 돌아갈 수 없지? 그렇게 물을 때에는 온전한 형태의 가족이 그리워져서 목젖까지 깔딱거리게 설움이 차오른다는 뜻이었고.

"엄만 옛날로 돌아가고 싶어, 옛날 옛날로 돌아가고 싶어?"

"생각 안 해 봤어."

"생각해 봐."

"글쎄…… 엄만 지금도 좋아."

"나하고만 있는 게?"

"그래, 너하고만."

아이가 내 우산 아래로 뛰어들어 왔다. 나는 아이의 작은 어깨에 팔을 둘렀다. 젖은 머리카락, 아직 다부지지 못한 어깻죽지, 아지랑이처럼 피어오르는 훈기, 언뜻 스치는 향내와 희미한 물비린내……. 그러나, 그러나 언젠가 너도 내게서 떠나겠지. 지금은 이렇듯 너의 전부인 양 몸을 붙여 오지만. 그땐 네가 새로이 내 마음의 오지로 들어서 있을까?

"길을 잘못 들었나 보다."

"어쩌지?"

"가만, 지도 좀 줄래? 표시해 둔 페이지가 있을 거야."

"이거?"

아이가 걱정스레 눈살을 모으며 지도책을 넘겼다. 25만 분의 1 축적 지도에 의할 것 같으면, 24번 국도를 타고 34킬로미터쯤 가다가 단장으로 빠지는 1044번 지방 도로로 들어서서 14킬로미터쯤 더 달리면 표충사 어귀에 닿게 되어 있었다. 그런데 어디에서 24번 국도를 놓쳤는지, 아스팔트가 뚝 끊어지고 비포장도로가 이어지나 했더니, 종당엔 내리막 경사가 급한 자갈길이 앞길을 턱 막아섰다. 처음 우둘투둘하지만 그런대로 노면이 고른 흙 길이 시작될 때에는 지도에도 짧은 마디로 표시되어 있는 24번 국도상의 그 비포장 구간인 줄 알았다.

곧 포장도로가 연결되리라는 당연한 기대는 차츰 낭패로 변해 갔다. 우선 마주 달려오는 차량이 이상스러울 만큼 없었다. 뜨거운 물에 형편없이 쪼그라든 모직 스웨터 품처럼 길의 폭이 어느새 반으로 줄었으며, 판자나 바윗돌에 흰 페인트로 화살표와 함께 써 놓은 지명이나 산장 이름들에서 다분히 도보의 등산객을 배려한 듯한 낌새를 눈치 채게 되었다. 더군다나 눈을 씻고 아래를 내려다봐도 반듯한 도로의 흔적이 없다는 점에서 낭패감은 불안으로, 다시 두려움으로, 외등 그림자처럼 키를 늘여 갔다. 우리는 험준한 산과 산 사이, 창자처럼 구불구불한 경계일 뿐인 골짜기에 덜컥 끼여 버린 것이다. 그것도 유리창에 뿌연 김이 서려 자주 시야가 가려지는 그런 날씨에.

"아까 갈림길을 지나쳐 왔는데, 아무래도 거기서 잘못되었나 봐."

"표지판이 없었어?"

"없었어. 못 봤든지."

갈림길에서 나는 오른쪽으로 급경사를 이루며 휘어지는 길 대신 직진을 택했다. 갑작스런 커브에 적응하기엔 자동차의 속도가 빨랐고, 설사 제 길이 아니더라도 모든 길은 통하게 마련이라는 평소의 경험적 도로관이 극히 짧은 그 순간에 십분 발휘되었던 때문이었다. 거기에 첨언하자면, 사전에 숙지된 바가 없는 한 결코 샛길이나 농로 같은 지름길로 빠지지 않는다는 원칙.

곧고 넓고 그래서 충분히 안전하다고 여겨지는 길의 선호는 비단 자동차를 운전하는 경우에만 한정된 것이 아니었다. 그것은 내가 내 삶에 대해 갖는 태도, 말하자면 무미건조하고 따분한 일상으로밖에 보상받지 못한 내 삶의 고지식함이었다. 물론 나는 알고 있었다. 내가 세운 무수한 원칙들이 어떻게 내 숨통을 죄고, 내 개성을 부단히 억눌러 왔는지, 결국은 독이 되어 버릴 질서를 위하여 얼마나 많은 시간과 힘을 낭비해 왔는지 말이다.

"돌아가는 게 낫겠어."

이미 지나치게 걱정하기 시작한 아이는 나를 닮았다. 낯선 것에 대한 낯가림이 심하고 모험을 즐기지 않는다는 점에서, 아이에게도 이 뜻하지 않은 길은 '원칙'이 아닐 테니까.

"차를 돌릴 데가 없어. 후진은 어림없고. 어디 차를 돌릴 만한 마땅한 장소가 나올 때까지 더 내려가 보는 방법밖에 없겠다. 어쩜 국도와 연결되는 길을 찾을지도 모르고."

"잘 보고 운전하지 그랬어?"

"걱정 마. 차가 아주 다니지 않는 길은 아니니까."

빗줄기가 약간 가늘어진 틈을 타서 운전석 쪽 차창을 한 뼘쯤 내렸다. 습한 대기와 함께 띄엄띄엄 빗방울이 들이쳤다. 나는 담배에 불을 붙여 물고 천천히 아래로 운전해 내려갔다. 골짜기에 파묻힌 길이라도 사륜 구동의 지프나 소형 트럭 정도라면 겁먹지 않아도 될 만큼은 다져진 노면이었다. 그래도 차 바닥이 낮은 승용차로는 다소 무리인 성싶었다. 초행에다, 차는 뒤틀리듯 요동을 쳐 댔으며, 그럴 때마다 차체에서는 딱딱 잔돌 튀기는 소리가 났다. 돌부리 같은 것에 머플러가 득득 긁히는 소음이 날 때엔 머리끝이 삐죽 설 지경이었다.

차를 돌릴 만한 적당한 장소는 영 나타나지 않았다. 그러는 가운데 우리는 어림으로도 꽤 아래쪽으로 내려와 있었다. 공터를 발견한다 하더라도 차를 돌려 왔던 길을 되짚어 오르기보다는 내처 산 아래 마을 쪽으로 방향을 잡는 것도 크게 손해 볼 것 같지가 않았다. 당초 계획보다 시간이야 훨씬 잡아먹겠지만.

나는 제법 느긋하게 담배를 피웠다. 연기가 진공청소기에 빨려 들어가는 먼지처럼 고스란히 차창 밖으로 빠져 달아나는데도 아이는 쿨럭쿨럭 마른기침을 쏟아 냈다. 괜히 하는 짓이었다. 못마땅하다는, 일종의 항의인 셈이었다. 어린 녀석이 까탈스럽기는.

아파트 베란다에 아예 의자를 갖다 놓고 멍하니 담배 태우는 시간이 늘어난 내게, 아이는 점잖게 타이르곤 했었다. 몸에 해롭다

는 걸 왜 자꾸 피워? 그래서 끊으려고 해. 점점 더 피고선? 끊을
거야. 나더런 컵라면도 못 먹게 하면서. 꼬투리를 잡아 비틀다가
슬그머니 제 요구를 끼워 넣을 정도로 약아진 아이.

"사자평? 그런 이름도 있어?"

표지석의 흰 글씨는 나도 읽었다. 사자평이라면 표충사에서 멀
지 않은 곳이다. 나는 내심 안도했다. 어쩌면 24번 국도를 통하는
것보다 더 빨리 표충사에 닿을 수도 있겠다 여겼다. 단, 산허리 어
디쯤에서 표충사 쪽으로 가로지르는 산길을 만난다면.

"사자평엔 사자가 살아?"

"억새가 살아."

"무슨 새?"

"억새."

"날아다녀?"

"바람에 휘휘 흔들리는 풀이야. 새가 아니고."

"난, 또."

아이는 입술을 오므리고 휘휘 휘파람을 불었다. 제대로 내는 음
은 절반에도 못 미치지만 나름대로 곡조가 실렸다. 휘파람은 제
아버지에게서 배운 것이었다. 휘파람뿐 아니라 수영, 자전거 균형
잡는 법, 카드놀이, 모두 제 아버지와 동무처럼 시시덕거리며 배운
것들이었다. 유난히 사이가 좋은 부자였다는 사실에 희망을 걸었
던가, 나는.

"얼마나 더 가야 해?"

"큰길이 나올 때까지."

"어두워지겠다."

"그전에 무슨 수가 나겠지."

길은 끊임없이 아래로 이어졌다. 대개의 산길이 구불구불 휘고 꺾이기 때문에 시계상(視界上) 최단 거리의 몇 곱절은 족히 늘어나게 마련이라지만, 우리가 시종 콩을 볶으며 덜커덩덜커덩 내리닫고 있는 이 길은 거의 직선이나 마찬가지로 뻗어 있음에도 여간해서 골짜기를 헤어나지 못하는 판국이었다. 나는 다시금 불안해졌다. 벗어난 길에서 벗어나지 못하고 있는 데 대한 불안, 그처럼 내 삶도 제 길을 찾지 못하고 허우적대는 것인지도 모른다는 불안.

오른쪽 비탈로 기어 올라가는 샛길—사자평이나 표충사 방향이 틀림없는—이 두세 번 나타났어도 엄두가 나지 않았다. 폭이라든지 경사각이, 보기에도 쉽지 않게 느껴져서였다. 빙 둘러가는 한이 있더라도 일단 산 아래로 완전히 내려간 다음 방위를 가늠하는 편이 낫겠다는 쪽으로 생각을 고쳐먹었다.

"걱정 마."

덩달아 표정이 굳어지는 아이를 안심시키려는 의도였지만, 기실은 나 자신에게 이르는 말이기도 했다.

"걱정 안 해."

"한잠 자 두든지."

"지금 가는 데 말이야. 어디라고 했지?"

"표충사."

"무슨 이름이 그래? 꼭 곤충 이름 같잖아."

"그렇구나."

"거기도 그냥 그대로 있나 보러 가는 거야?"

"으응."

"시시해."

"옛날 옛날엔 한 군데만 갈래도 꼬박 하루가 걸렸어. 그땐 양쪽을 이어 주는 길이 없었거든. 부산에서 석남사를 가려면 북쪽으로 올라가서 서쪽으로 가는 버스를 갈아타야 했고, 표충사를 가려면 북서쪽으로 밀양까지 갔다가 동쪽으로 한참 들어가야 했으니까. 서로 다른 길이었어."

"그런데 이제 만난 거야?"

"그래, 서로 등 돌리고 있다가 고개고개 넘어서 새로 만난 거야."

"그래도 우린 못 만나고 있네, 뭐."

"그 길을 찾고 있는 중이잖아, 이렇게."

몇 채의 집들이 보였다. 산자락에 빌붙어 향토 음식을 파는 장삿집이라는 건 무슨 가든, 무슨무슨 산장, 하는 간판이 멀리서도 잘 보여 짐작할 수 있었다. 여기가 배냇골인가? 지도에는 배태 고개로 나와 있지만 보통은 골짝을 끼고 흐르는 배내를 따 배냇골로 불린다는 것, 천황산이나 사자평을 찾는 등산객 말고도 주말이면

인근 동부 경남의 도회 사람들이 드라이브 삼아 몰려드는 신흥 식도락지라는 것을, 부산에 살며 산부인과 의사 노릇을 하는 중학 동창으로부터 들은 기억이 났다.

그렇다면 꼭대기에서 산의 펑퍼짐한 아랫도리로 얼추 내려온 셈이라는 얘긴데……. 나는 대한민국 누구나가 별 거부감 없이 읽고 이해하는 '가든' 주차장 입구에 차를 세우고 시동을 껐다. 빈 주차장 한 편에 개도 없는 개집이 덩그렇게 비를 맞고 있었다.

"나도 내려?"

"길을 물어봐야지. 다리도 좀 펴고. 클러치랑 브레이크를 하도 많이 밟아서 차도 열 받았을 거야."

주차장을 가로질러 '민박'이라고 쓰여 있는 본채의 새시 문을 밀었다. 잠겼나. 문은 꿈쩍도 안 했다. 나는 자동차 근처에서 서성이는 아이를 향해 고개를 흔들어 보이고 아랫집으로 내려갔다. 거기도 사정은 마찬가지였다. '민박'이라고 써서 붙인 현관문의 종이 글씨까지. '민박'은 겸업일까, 부업일까. 내친김에 두드려 본 건넛집도 인기척이 없었다. 겟날을 받아 어디 온천장으로 단체 관광을 떠났나, 제철도 아닌 평일이라 장사를 아예 쉬는 건가. 소득 없이 차로 돌아오자 먼눈으로 지켜보던 아이가 김샌다는 얼굴을 했다.

"아무도 없어?"

"다 비었네."

"어떡해?"

"괜찮아, 곧 마을이 나올 텐데, 뭘."

"어두워지려고 해."

나는 산자락을 거슬러 삽처럼 골이 팬 계곡과 흐린 봉우리들로 눈길을 주었다. 덤불 같은 잡목을 헤치고 크고 작은 돌조각들이 함부로 드러난 거친 산세(山勢)였다. 돌들은 세월을 견뎌 둥글어진 모습들이 아니라 바스러진 닭 뼈처럼 모서리가 뾰족했고, 물빛이 들어 녹슨 쇳물을 끼얹은 듯 더욱 붉었다. 산이 푸근하지 못하고 을씨년스러워 보인 것은 계절 탓도 날씨 탓도 아닌, 서서히 배어드는 침몰의 시간 탓도 아닌, 그저 돌들처럼 삐쭉삐쭉 곤두서는 마음 탓일 터였다.

"산에선 해가 빨리 지거든."

"비가 오는데 해가 어딨어?"

"비가 와도 해는 그 자리에 있어. 보이지 않는다고 없는 건 아냐."

"안 보이니까 없는 거지, 뭐."

"해는 말이야, 지금도 자기가 늘 가던 그 길로 가고 있는 거야. 엄마처럼 길을 놓치지도 않고."

"바보 같아."

"길을 잃어서?"

"길 이야기가 아니야, 뭐."

"그럼?"

아이가 답을 하지 않고 차에 올랐다. 그 직전에 아이의 볼이 씰룩 일그러지는 걸 본 듯해서 나도 짐짓 아이를 외면해 버렸다.

시동을 걸고 기어를 넣었다. 아이는 차 안에서도 제 쪽으로 난 창으로 고집스레 고개를 돌리고 있었다. 용기 밖으로 비어져 나오려는 스펀지를 꾸역꾸역 우겨 넣고 있는 아이. 울고 있구나. 소리도 내지 않고 눈물도 흘리지 않고. 물기가 마음 둑을 넘지 못하게 보(洑)를 쌓으며.

나는 묵묵히 앞을 보았다. 끈질기게 달라붙는 빗발을 물리치느라 고되었는지 와이퍼조차 끼익끼익 거슬리는 잡음을 내고 있었다. 이제 기슭에 당도한 길은 경사가 많이 완만해졌지만 노면은 여전히 고르지 못한 상태였다. 오히려 물구덩이는 더 빈번해졌다. 바퀴가 웅덩이를 헤쳐 나올 때마다 싯누런 흙물이 보닛과 운전석 옆 차창에까지 튀어 올랐다.

'가든'과 '산장'도 자주 보이기 시작했다. 민박, 단체 MT 환영, 수련장 따위의 간이 표지판도 늘어났다. 빈 논밭 너머 대숲을 등진 마을과, 허벅지까지 올라오는 긴 장화를 질질 끌며 걷고 있는 촌부의 뒷모습도 지나쳤다. 그러나 나는 길을 묻기 위해 차를 세우지 않았다. 어차피 되돌아갈 수 없는 길이었다. 되돌아가기엔 너무 멀어져 버렸으므로 미련 두지 않고 버려야 하는 길이었다. 그래, 앞에 놓인 길을 따라 몇 굽이 예정에 없던 우회를 한들 어떠랴.

담배를 물었다. 때맞춰 아이가 또 마른기침을 터뜨렸다. 적대적이지는 않지만 불만도 없지 않아서 기회를 포착할 때마다 그런 식으로라도 제 심사를 인지시키려는 아이 앞에서 나는 종종 무력해지곤 했다. 아이는 내게도 혐의를 두고 있었다. 어느 날 아이는 나를 쳐다보지도 않고 말했다. 그럼 그냥 내버려 두지 그랬어? 그러거나 말거나 상관 말면 되잖아. 그 바로 전에 내가 더듬거리며 늘어놓았던 변명—그건 말이야, 뭐랄까, 아빠가 말이지, 엄마가 들어줄 수 없는 부탁을 했기 때문이야—에 대한 입장 표명인 셈이었다. 그 말을 들었을 때 나는 섬뜩해했던가, 억울해했던가.

"끝까?"

"됐어."

"넌 나중에 커서 담배 안 피우겠다?"

"피."

"넌 담배 연기 싫어하잖아, 아냐?"

"그야 그때 가봐야 알지. 속상하거나 화나는 일이 생길지 지금 어떻게 다 알아?"

아이는 사물이나 현상에 대해 그 나이답지 않게 분석적인 데가 있었다. 새로 알게 된 사람에 대해서도 결코 좋은 사람, 나쁜 사람이라는 식으로 말하지 않았다. 약간 깔보는 태도가 있는 사람이더라, 자기 애가 가게 물건을 막 만지는데도 야단도 안 치고 가만 보고 있는 사람을 엄만 이해할 수 있어? 하는 식이다. 담임을 맡은 여교사의 프로필을 전할 때에도 결혼을 했는지 안 했는지, 나이가 많은지 적은지, 예쁜지 미운지, 애당초 그런 일반적인 관점은 안중에 없었다. 새 담임에 대해 소상히 묻는 것이 성가신 나머지 딱 한마디 털어놓기를, 근데, 치마가 무릎 위로 이만큼 올라오더라. 다른 사람들이 쳐다보는 걸 좋아하나 봐.

"넌, 엄마가 속상하거나 화난 것처럼 보이니?"

"아닌……가?"

"엄만 화 안 내. 속상하지도 않고."

"내게 말고."

"그럼 누구?"

"그야 아빠지, 누구겠어?"

"엄만, 아빠한테도 화 안 났어. 넌 화났니? 그렇구나?"

바늘 같은 침을 꿀꺽 삼키고 내가 낼 수 있는 최대한의 부드러운 목소리로 자신을 위장했다. 아이는 잠시 생각하는 눈치더니 단호하게 고개를 내저으며 말했다.

"아니. 그치만 가끔씩 불편하긴 해."

"어떤 때?"

"심심할 때. 그리고 학교에서 우리 가족이나 아버지 같은 제목으로 글짓기 해 오라고 시킬 때. 그럴 때가 좀 불편하고 싫더라."

아버지의 부재를 '불편함' 정도로 접어 버리려는 아이의 조로한 마음속에는 이제 어떤 나무가 자라고 있을까. 잎도 열매도 다 떨어뜨린 등걸뿐인 나무? 앙상한 가지? 드러난 뿌리?

아이의 본심에 접근할 수 없어 갑갑했던 시기에 나는 아이가 그리는 그림들을 늘 유의해서 살폈다. 유일하고도 소중한 단서는 스케치북이었다. 그러나 뜻밖에도 아이가 그리는 나무는 얼마나 조화롭고 풍성했던가. 튼튼한 기둥이 위로 뻗어 가며 세 갈래의 굵은 가지로 나뉘고, 그 가지에 달린 무성한 잎들은 마치 뭉게구름처럼 푸근하였다. 그러나 나무 둥치에서 가지가 벌어지는 지점에 꼭 그려 넣는 새집은 또 어떻게 설명할 것인가. 새집 둥우리에서 입을 쩍 벌리고 있는 아기 새들, 그 새끼들에게 꼬물거리는 벌레를 막 물려 주려는 어미 새. 그 무렵 아이는 나무를 그릴 때 어김없이 새의 일가족을 함께 그려 넣었다.

나는 조마조마했다. 아이는 단란함에 대하여, 완전함에 대하여 말하고 있는 것이 아닐까. 아이가 한사코 드러내지 않으려고 한 감정의 실체는 제 의지와는 무관히 진행되어 버린 새로운 현실에 대한 강한 거부가 아닐까. 그 거부의 역설로 단란하고 온전한 형태의 나무와 새 그리기가 시작된 것인지도. 아이에게는 내 걱정스러움을 섣불리 내색할 수 없었다. 그리고 얼마 지나지 않아 아이는 제 스케치북에다 더 이상 아무것도 그려 넣지 않았다. 나무는 시들어 버린 것일까, 베어 넘어뜨린 것일까.

어슴푸레한 어둠에 에워싸인 마을이 나타났다. 길은 마을을 가로질러 시외버스 회차지인 공터에서 잠시 멈칫거렸다가 마을 초입 쪽으로 이어졌다. 버스 정류장 푯말 아래 한 소녀가 우산을 받치고 서 있었다. 다 늦어 가는 시각에 어디로 나서는 길일까. 마을 길의 확장 공사로 파헤쳐 놓은 흙더미에서 흘러내린 황토물 때문에 길은 더욱 엉망이었다. 그 마을에서는 소녀와 유난히 질척거리는 공터와 텃밭 옆에 세워 둔 두 대의 승용차, 그리고 경운기 한 대를 보았다.

다시 마을을 빠져나왔다. 마을을 지나는 동안 아무 말이 없던 아이가 무심히 뒤를 돌아보았다.

"왜 안 세웠어?"

"왜 안 세우다니?"

"길을 묻지도 않고 막 가는 거야?"

"가다 보면 표지판이 나오겠지. 지도도 봐 뒀고."

"또 지나쳐 버리게?"

"시간이 좀 더 걸릴 뿐이야. 가기로 맘먹은 곳에 조금 늦게 도착하는 것뿐이고. 나중에 말이야, 우리가 이번 여행에 관해서 이야기할 때, 석남사에서 표충사로 넘어가는 데 한 시간밖에 안 걸리더라, 그렇게밖에 말할 게 없는 것보단 석남에서 표충까지는 꼬박 하루가 걸리는 먼 길이더라, 라고 말하면 훨씬 재밌을 거라는 생각을 해 봐."

"재미 하나도 없어."

"지금은 그래도 나중엔 다르게 생각하게 될걸?"

"지금 생각하는 것하고 나중에 생각하게 되는 것하곤 다른 거야? 음, 그러니까 생각이 달라지냐고. 그래?"

"너도 그런 경험이 있잖아. 첨엔 이게 맘에 들어서 샀는데 나중에는 저게 더 좋아 보이는 거. 것도 생각이 바뀐 거지."

"그럼…… 아빠도 생각이 바뀔까?"

적당한 말이 떠오르지 않았다. 어떤 말로 설명이 가능할까. 어느 한 사람이 생각을 바꾼다고 달라지진 않는 일, 함께 생각을 바꾸지 않는다면 소용이 없는 일도 있다는 것……. 그러나 나는 그 말을 들려줄 자신이 없었다. 일말의 가능성에 매달리는 아이에게 그런 설명은 마음을 베는 흉기나 다름없을 테니까.

문득 차체가 가뿐해졌다. 욱신거릴 정도로 온몸을 들까불던 비포장도로가 드디어 끝이 났다. 바퀴는 중앙선이 그려진 매끄러운 길 위를 부드럽게 굴러 나아갔다. 그러나 아이는 달라진 승차감 따위에는 작은 감탄도 표시하지 않고, 내가 자신의 물음에 대답하지 않았다는 사실을 분명히 하려는 듯 내 입술만 빤히 쳐다보고 있었다.

"엉덩이에 물집 잡히기 전에 울퉁불퉁한 길을 빠져나와서 다행이야, 그지?"

아이는 내 딴전은 들은 척도 하지 않았다. 대신 몇 초 정도 시간을 끈 뒤에 오래전부터 묻고 싶었을 말을 기어이 털어놓았다.

"왜 아빨 가게 그냥 뒀어?"

전조등 불빛에 하얗게 드러난 도로 한가운데에 바퀴에 짓이겨

114

진 물체가 널브러져 있었다. 불과 한두 시간 전까지만 해도 살아 있었을지 모르는 생명체의 횡액. 몇 차례 더 무신경한 바퀴질을 당하고 나면 한낱 껌 자국처럼 형체도 없이 도로의 표면에 들러붙게 되겠지. 빗물에 씻기고 햇볕에 바래서 희미한 얼룩조차 없어지겠지. 애야, 슬픔도 그렇게 엷어지는 거란다. 아빠가 네게 했다는 말처럼, 네가 중학생쯤 되면 이해하게 될지도 모르지. 어쩜 그때엔 네 관심이 너무 멀리 가 있어서 지금 네가 엄마에게서 듣고자하는 대답들일랑 까마득히 잊어버리지나 않을지.

"왜 아빠 가게 그냥 뒀냐고?"

"아빠도 길을 잃은 거야."

"바보."

"그래. 그래서 아빠도 지금쯤 길을 찾고 있을 거야."

아스팔트를 탄 뒤로 두 번째 만나는 불빛을 스쳐 보내자 전방 도로 한옆의 커다란 표지판이 눈에 들어왔다. 나는 서서히 속도를 늦추었다. 다시 길을 잃지 않기 위하여.

그랬음에도 정확히 세 번 더 길을 놓쳤다. 삼랑진에서 우곡으로 빠지는 북쪽 길을 찾지 못하여 결국 밀양까지 떠밀려 올라가고만 한 번. 밀양 시내에서 갑자기 여러 갈래의 길이 얽히고 겹쳐지는 바람에 엉뚱한 방향으로 10여 분 달리다, 왔던 길을 되짚어가는 데에 한 번. 기왕 시내로 되돌아간 김에 거기서 저녁 식사를 해결

하고 새 기운으로 길을 잡았으나 다죽을 지나 단장으로 들어서는 우회전 길을 뻔히 보면서 놓치는 통에 유턴하기 좋은 길 찾기에 몇 분 더 소요하기를 한 번. 그리하여 드디어 1044번 지방 도로로 찾아들었을 때에는 시간이 꽤 깊어 있었다.

"아직도 멀었어?"

"이 길 끝까지 가면 돼."

"지루해."

"덕분에 평생 한 번도 못 가 볼 길을 두루두루 훑었잖아."

"그게, 뭐?"

"그렇다고."

"기억도 안 날걸?"

"그래. 그래도 엄마랑 석남사에서 표충사에 이르는 길을 찾느라 하루 종일 덜컹거리고 헤매고 지도책 들여다보고 사람들한테 묻고 했던 적이 있었다는 건 기억날 거야. 나중에 네가 장가들어서 아들하고 어딜 가는데, 불쑥, 옛날에 엄마랑 산길을 거꾸로 타고 내려왔는데, 비까지 주룩주룩 내렸는데, 하고 떠오를지도 모르잖니?"

아이는 바삭바삭 씹어 대던 비스킷 봉지를 발치로 떨어뜨리고 손을 탁탁 털더니 컵 홀더에서 콜라를 뽑아 몇 모금 들이켰다. 하긴 지금 내가 하는 말들이 네 귀에 담길 리 없겠구나.

"도착하면 바로 절에 들어갈 수 있어?"

"없어."

"그럼 왜 가?"

"절 아래에서 하루 자고 낼 아침 일찍 올라가자."

"많이 걷겠네?"

"아니, 바짝이야."

"엄마가 어떻게 알아? 어디나 다 변했다면서?"

"암튼, 전엔 그랬어."

고속 방지턱이 보였다. 속도를 줄이는데 방지턱 바로 옆 초소에서 사람이 쑥 나타났다. 초소는 매표소였고, 차가 다가가는 기척에 우쭐 나선 사람은 징수원이었다. 주차료가 포함된 표충사 입장료를 걷는 것이었다. 절 아래 마을로 들어가는 데에도 일단 주차료와 입장료 명목의 돈부터 물어야 한다는 것이 야박하고 불합리하게 여겨졌다.

매표소에서 조금 올라가다 왼쪽으로 새로 조성된 숙박 단지가 있었다. 내 기억이 맞다면 그곳은 물소리 와랑와랑하던 계곡 너머 다랑이* 논이 있던 자리였다. 그리고 띄엄띄엄 조촐한 산채 백반 음식점과 민박을 겸한 기와집 몇 채가 있었을 뿐인데. 그러나 숙박 단지는 단란 주점을 거느린 장급 여관과 나이트클럽 네온사인이 번쩍이는 모텔까지 해서, 신흥 유흥가처럼 염치없이 휘황했다. 심신의 부황을 가라앉히기는커녕 산중의 적요까지 온통 뒤흔들고 말

* 다랑이 : 산골짜기의 비탈진 곳 따위에 있는 계단식으로 된 좁고 긴 논배미.

기세였다. 한판 걸출하게 잘 놀아야 된다는 집단 유희 심리가 이제는 거의 강박의 수준에 도달한 성싶었다. 비틀거릴 때까지 마시고, 악을 써 대며 노래 부르고, 창자에 붙은 군살까지 떨어내려는 듯 온몸을 비틀어야 직성이 풀리는 풀코스 관광 현실이 서글펐다.

숙박 단지로 꺾어 들지 않고 곧장 차를 몰았다. 표충사로 통하는 막다른 도로였다. 헤드라이트가 깊어지는 골짜기의 어둠을 부분부분 들춰냈다. 젖은 나무 둥치와 바위와 산사의 고즈넉함까지를. 길은 금세 끝이 났다. 하루가 걸린 우여곡절에 비하면 싱거우리만치 금세. 나는 제차 정지 표지판 앞에서 차를 세우고 라이트를 껐다.

"다 왔구나."

"컴컴해."

"여기가 표충사야. 내리지 않을래?"

"싫어. 차에 있을래."

차 문을 열고 길로 내려섰다. 아이는 제 말대로 차 안에서 꿈쩍도 하지 않을 모양이었다. 내가 몇 걸음 시커면 어둠 속으로 나아가자 차 문 여는 소리가 덜컥 나더니 아이의 황급한 외침이 발목을 붙들었다.

"가지 마!"

"안 가."

"가고 있잖아?"

"잠깐 걸어 보는 거야. 옛날 옛날에 엄마가 여길 왔을 땐, 그땐 어땠던가, 기억해 보려는 거야."

아이가 탁 소리 나게 차 문을 닫았다. 나는 몇 발짝 더 어둠 속으로 몸을 내밀었다.

……그때 나는 이 길에 있었다. 지금처럼. 그러나 이 길은 그때의 그 길이 아니다. 나는 다른 곳에 와 있다. 어딘가 아주 낯선 곳으로 흘러와 버린 느낌이 든다. 오늘의 내 삶이 처음과 아주 다른 길로 접어든 것처럼. 내가 서 있는 이곳은 어디일까. 그저 어둠 속일까, 막막함의 중심일까.

비는 그쳤지만 대기는 축축했다. 나는 어둠 속에 우뚝 서서 차고 습한 공기를 몸 깊숙이 집어넣었다. 오래도록 구겨진 채 누워 있던 정신이 꼿꼿이 일어서 주길 바라면서. 언젠가 내 아이가 다시 이 길을 따라 이 자리에 섰을 때 오늘의 서투른 길 찾기, 이 시행착오를 기억해 주길 바라면서.

돌아섰다. 차 안에 틀어박힌 아이가 무섬증을 이기기 위해 켜놓은 실내등이 차오르는 그리움처럼 따뜻했다. 내 '아이'…… 내 지표…….

나는 천천히 아이에게로 다가갔다. 훗날 이 하루를 낯섦 속에서 발견하게 될 내 아이를 향해, 안질처럼 뿌옇게 흐려지는 두 눈을 끔벅이며.

『종이꽃』, 이룸, 1999.

과녁

우리들 대부분이 현기증과 멀미를 누르며 가볍게 흔들리고 있었다. 누구 하나 대오를 벗어나지 못하였고, 또 우리들 중 누구에게도 대오를 벗어날 용기는 없었다. 이따금 체념과도 같은 한숨이 지열처럼 피어올랐으나 그나마 매우 조심스러워 조회대까지 미치지는 않을 정도였다.

조회대 위에서는 우리들의 담임 문형구가 그 좁은 공간의 이 끝에서 저 끝을 시계추처럼 오락가락하고 있었다. 하관이 빠른 그의 얼굴은 낮술이라도 들이켠 것처럼 불콰했다. 우리는 감히 그와 눈을 마주치지 못한 채 그의 울화가 진정되기만을 기다렸다. 처음 그는 쉴 새 없이 분노와 경악에 찬 훈화를 늘어놓았으나, 종내는 우리들의 면면을 차례로 짚어 가며 싸늘하게 노려볼 뿐이었다.

볕은 뜨거웠다. 우리들 가운데 누군가 열을 무너뜨리며 픽 쓰러질 때까지 벌은 계속될 조짐이었다. 아니다, 어쩌면…… 우리 모두 회전이 다한 팽이처럼 핑그르르 기울어지기를 기다리는 것인 지도 몰랐다. 그라면 능히 그럴 것이다.

제발 이쯤에서 누군가 나서 주면 좋겠다. 설령 그 애로 인해 우리 모두가 이 참담한 상황에 처했음이 밝혀지더라도 우리는 그 애를 미워하거나 원망하지는 않을 터였다. 어떻게 그 애를 탓할 수 있겠는가. 행동에 옮기지는 못했을망정, 대개가 그런 충동을 몰래 키우고 있었을 것인데. 예측 불허인 그의 처사에 대한 항의치고는 이번 사건이 좀 약과라고 생각하는 애들도 더러 있을 것이다.

진실로 우리들은 그를 두려워하였으며, 증오하였으며, 외면해 왔다. 그의 꼬깃꼬깃한 와이셔츠에조차 연민이 일지 않았다. 징그 러운 벌레를 피하듯 그의 눈길을, 드물게나마 나직나직해지는 그의 음성을 피해 왔다. 반 아이들 중에는 그와 단둘이 5분만 마주하고 있으면 필경 질식하고 말 것이라 장담하는 부류도 있었다. 그러나 아이들의 경계심이 높아갈수록 그의 협량함도 도를 더하여 갔다.

좌우로 빠르게 이동하던 담임이 갑자기 걸음을 멈추었다. 잔뜩 달궈진 우리들의 머리 위로 노기 서린 호령이 떨어졌다.

"너희들이 아직 미숙하고 순진하다고? 천만에, 너희들은 어른들 이상으로 간교하고 악질적이다. 너희들의 행위는 협잡꾼의 그것과 다를 바 없다. 집단과 익명의 유리함을 이용해 비윤리적이고 비이성적인 무례를 은닉하고 있을 뿐 아니라, 급기야는 부추기고 있다. 너희들 전부가 그 불손하기 짝이 없는 범인을 알고 있으면서도 모른 체하고 있다는 뜻이다. 굳이 너희들이 발설하지 않고, 또 용기 있게 나서지 않는다 하더라도, 나는 이미 누가 그런 무도한 짓을 저질렀는지 짐작하고 있다. 그럼에도 불구하고 내 직접 범인을 지목하지 않는 까닭은 최소한 너희들에게 양식 있게 행동할 기회를 주기 위해서다. 이것이 마지막 경고다."

그의 키 너머로 은백양나무 잎사귀들이 찰랑찰랑 나부꼈다. 마치 탬버린의 금속 술이 흔들리는 것 같은 경쾌하고 날렵한 음감을 눈으로 느끼는 듯했다. 은백양나무 잎사귀 낱낱의 섬세한 율동과는 달리, 나무 밑동과 둔각을 이룬 그림자는 식빵처럼 뭉툭하고 선이 단조로웠다. 나는, 그 우스꽝스럽도록 작달막한 나무 그림자 아래로 들어가 몸을 누이고 싶었다. 부당한 단체 기합이 끝나려면 아직도 십 몇 분이 더 남았다. 그리고 불행하게도 그다음은 점심시간이었다. 말하자면 4교시 수업 종료를 알리는 차임벨 소리와는 무관하게 체벌이 이어질 기미였던 것이다.

나무 그늘에서 아쉽게 눈을 떼고 채인을 바라보았다. 늘 그렇듯, 채인의 도전적인 단아함은 그 애를 무장한 전사(戰士)처럼 보이게 했다. 열의 맨 앞에 아무런 엄폐물도 없이 노출된 반장 채인에게 이따금 담임 문형구가 더욱 강렬한 적의의 눈길을 꽂았다. 그 애는 모든 수난과 박해를 각오하고 기꺼이 받아들이는 선지자적 자신감으로 그의 시선을 능히 감당하였다. 이제까지 그래 왔던 것처럼, 결국 이번에도 담임과 채인의 팽팽한 줄다리기로 진행될 조짐이 보였다.

시시때때 복잡 미묘한 그의 감정선을 부추기는 것이, 실상은 그 애의 그 더할 나위 없이 다소곳하면서도 냉소적인 미소 탓임은 학교 안의 누구나 아는 사실이었다. "문 선생 말이야, 제대로 임자 만났어." 담임과 채인의 기 싸움을 지켜보던 물리 선생의 지적대로, 지나치게 요란한 성품의 담임도 채인의 의젓함 앞에서는 속수무책이었다. 공연한 트집을 잡아 매를 휘두르기도 하고, 상담실로 불러 구슬려 보기도 했지만, 그 애의 불가해한 미소를 걷어 내는 데엔 실패했다. 담임은 사소한 빌미를 잡아서라도 채인을 다그치는 데 혈안이 되다시피 했다. 그럴수록 그 애는 의연했고, 싸움은 색다른 양상을 띠기 시작했다.

그런데 오늘 아침 엉뚱한 일이 터졌다. 누군가가 담임의 심사를 완전히 비틀어 놓는 일을 저지른 것이었다. 신성한 교권에의 침입이며, 가증한 모욕으로 받아들인 담임은 가차 없이 우리들 모두를 6월 뙤약볕 아래로 내몰았다. "병신 새끼." 이제는 상당히 단련이 되었다고 할 수 있는 꼬마 연희가 그 한마디 욕설로 간단히 모두의 더러운 기분을 대변했다. 꼬마 연희는 학기 초, 각 반 담임 호명이 있자 그 자리에서 펑펑 눈물을 쏟아 우리 전체를 심란하게 만들었던 아이였다.

우리의 무기력해진 공격성을 일깨운 용감한 레지스탕스는 누구일까. 비록 모두를 땡볕 아래로 내몬 판단 착오를 범했다손 쳐도, 우리는 그 레지스탕스를 심정적으로는 결코 원망할 수 없었다. 잠시 후면 점심시간을 알리는 차임벨이 울려 퍼지고, 화장실이나 수돗가로 향하던 다른 반 아이들이 이 상황을 흥미로이 지켜보리라. 교장조차 번번이 고개를 젓게 만드는 문형구의 악명이 다시 한 번 전교생의 입에 오르내릴 게 분명하고, 교감은 학부형들의 항의에 골머리를 앓으며 교장실 문 앞에서 망설이게 되리라.

누군가 밭은기침을 쏟아 내자, 이어 여기저기서 균열이 가듯 대열을 흐트러뜨리며 시늉뿐인 기침들을 해 댔다. 더러는 조심스럽게 어깻죽지를 젖히고 허리를 움직였으며, 또 누군가는 가래침을 뱉고는 운동화 끝으로 문질렀다.

"동작 그만!"

손수건으로 이마의 땀을 훔치던 담임이 사납게 소리를 질렀다. 우리는 다시 한낮의 뒤틀린 침묵 속으로 빨려 들어갔다.

집에 가서 오늘 일을 말해야 할까. 대번에 부어오른 편도선과 간간이 발작적으로 떨려 오는 무릎이 좋은 증거가 되어 주리라. 지난번에도 엄마는 노발대발해서 휴학을 시키겠다느니, 육성회를 소집하겠다느니, 한바탕 난리를 치렀는데. 교감의 간곡한 만류와 시정 약조가 아니었던들, 매사 나대기 좋아하는 엄마는 분명 판을 크게 벌였을 것이다.

그때는 결석계 때문이었다. 분주한 엄마 대신 내 손으로 결석계를 작성할 수밖에 없었는데, 그게 담임의 아니꼬움을 샀다. 나는 교무실 한복판에 꿇어앉은 채 한 시간을 견뎌 내야 했다. 원체 튼튼하지 못한 관절이 수치심으로 더욱 긴장했던 탓인지, 교실로 돌아올 때엔 두 급우의 팔에 매달려 질질 끌려오다시피 하지 않으면 안 되었다. 그러고도 좀체 마비와 경련이 풀리지 않아 마침내 채인이 집으로 전화를 넣었다. 겨우 겨우 연락이 닿은 엄마가 붉은 토마토처럼 흥분한 얼굴로 학교에 나타난 건 두어 시간이 지난 뒤였다. "문 선생의 교육 방침은 도저히 납득할 수 없어요. 단체 기합으로 다 큰 여자애들의 뺨을 때리지 않나, 빗속에 세워 두질 않나. 병적이라는 말로는 부족해요. 명명백백, 병이라구요." 담임을 앞에 두고 엄마가 교감에게 속사포처럼 쏘아 댔다. 그 일이 있고도 담임은 건재했다. 담임에게는 '불사조'라는 별명이 하나 더 붙었다.

만약 오늘 일을 발설하면 어떻게 될까. 이번에도 말발이 서지 않는다면 엄마는 날 휴학시킬지도 몰라. 초등학교 때에도 육성회에서의 비중에 불만을 품고 나를 다른 학교로 전학시키지 않았던가.

그러나 당장은, 뜨거운 태양 아래 무방비로 드러내 놓은 정수리가 지글지글 끓으며 타들고 있는 게 문제였다. 무릎이 점점 떨려 오고, 귓바퀴에서도 웅웅거리는 소리가 들렸다. 운동장을 빙 둘러싼 은백양나무들이 일제히 술렁이며 우리들에게로, 다시 내게로, 점차 거리를 좁혀 오고 있었다. 나는 오직 한 가지 욕구에만 매달렸다.

제발, 눕고 싶어.

무릎이 꺾였던가. 대오를 이루고 있는 반 아이들의 몸통이 저절로 우뚝우뚝 자라나 마침내 하늘을 가득 덮어 버렸다. 가늘고 터무니없이 길쭉해진 아이들이 나를 에워쌌다.

은수가 쓰러졌다. 담임은 동요하지 않았다. 육상부원 옥선의 등에 은수가 업혀 간 뒤에도 우리는 뙤약볕 아래에서 움직일 수 없었다. 차라리 은수가 부러웠다. 담임 역시 그늘 한 점 들지 않는 조회대 위에 짧은 그림자를 만들며 서 있었다. 호리호리한 키에 어울리지 않게, 그가 드리운 그림자는 형편없이 짤막했다. 장난삼아 뭉쳐 놓은 점토를 보는 듯했다. 만일 진흙으로 그를 빚는다면, 심하게 훼손된 심장 모양이 적당할 것이다.

확실히 나는 그를 좋아하진 않는다. 그렇다고 반 아이들이나 당사자가 짐작하는 만큼 그를 미워하는 것도 아니었다. 불쑥불쑥, 설명하기 어려운 안타까움과 연민의 감정이 담임을 향한 내 미움을 희석시켰다. 그 연민과 안타까움의 중재가 아니었던들, 그는 벌써 내 내밀한 기억의 갈피마다에 흉흉한 몰골로 박제되었으리라.

다시 자그마한 소란이 일어났다. 대오의 중간쯤에서 누군가 잔뜩 소리를 낮춰 흐느끼기 시작했던 것이다.

"울긴 왜 우니?"

"못 견디겠어. 쓰러질 것 같아."

"누군, 좀만 더 버텨 봐."

"벨이 울릴까?"

"울린들, 점심시간인걸."

은수가 쓰러져 업혀 간 탓인지, 그는 아이들 간의 나지막한 대화를 짐짓 못 듣는 체하고 있었다. 그로서도 난감한 노릇일 터였다. 가끔씩 그와 눈이 마주쳤다. 그만 벌을 거둘 명분에 골몰해 있는 걸까, 당초보다는 결기가 풀려 보였다. 지금이라도 누군가 나서 준다면, 그는 우리를 교실로 돌려보내리라. 그러나 누가, 이미 수업 한 시간을 단체 기합으로 꼬박 채운 지금에 와서 나설 것인가.

"대체 누구지?"

그의 묵인에 힘입어 아이들의 수군거림이 한층 대담해졌다.

"차라리 모르는 게 나아."

"벌은 벌이고, 얼마나 통쾌한지 모르겠어."

"하긴 후련하더라. 근데, 은수는 괜찮을까?"

"원래 약골이잖아."

"저기, 옥선이가 오는데?"

"어이구 미련 곰탱이. 오긴 왜 와? 은수 핑계 대고 양호실에 붙어 있어도 그만일 텐데."

옥선이 채 제자리로 스며들기 전에 차임벨이 울렸다. 칼로 자르듯 아이들의 수군거림이 일순 멎었다. 예순네 명의 시선이 한꺼번에 자신에게로 쏠리자 담임도 적이 주춤하는 기세였다.

이윽고 그가 고개를 떨군 채 조회대를 내려왔다. 휴지(休止)의 마법을 푸는 아무런 주문도 없이 수돗가 쪽으로 비척비척 걸어갔다. 그의 좁은 등에 아이들의 앙분한 눈길이 빈틈없이 꽂혔다. 그는 움직이는 과녁이었다. 그가 등을 보이기만 하면 즉시에 마련되는 반목의 과녁.

운동장 한가운데서 우리는 웅성웅성, 우왕좌왕했다. 저마다 그의 유기(遺棄)에 대해 명쾌한 해석을 달고 싶어 했다.

"왜 저래? 어울리지 않잖아?"

"고장 났나 봐. 예를 들면 여기 말이야."

그렇게 말한 아이는 쿡쿡 웃으며 검지로 자신의 머리를 쿡쿡 찔렀다. 그러나 아무도 웃지 않았다. 그러자 그 애도 머쓱해서 웃음기를 거두었다.

"들어가자."

이럴 때야말로 반장인 내가 나설 차례였다. 나는 의아한 눈길만 서로 교환할 뿐 얼른 운동장을 떠나지 못하는 아이들을 앞질러 교실로 향했다. 당연히, 이쯤에서 일이 수습되리라 기대하진 않았다. 담임은 변칙 플레이에 능한 프로페셔널이었다.

교사(校舍) 현관에는 낡고 군데군데 칠이 벗겨진 담임의 자전거가 그대로 세워져 있었다. 안장은 말끔하게 닦여 있었다. 자전거는, 담임이 오래전부터 애용해 오던 통근 수단이었다. 바로 그 자전거가 오늘 아침 톡톡히 망신을 당한 것이었다.

아침 자습 시간이 끝나고 조례가 이어질 때까지도 우리는, 그가
표현한 바대로, 가공할 범행을 전혀 모르고 있었다. 그는 전날 결
석자를 일으켜 세워 한바탕 호되게 다그친 다음 의례적인 전달 사
항을, 항용 그렇듯 다소 신경질적인 어조로 주지시켜 나갔다. "이
상!" 그가 출석부를 탁 소리 나게 덮으며 허리를 꼿꼿이 세우는
순간에 맞춰 나는 구령을 붙였다. "차렷! 경례!"

담임이 교실 문을 나서자 곧 과장된 안도의 한숨이 터져 나왔
다. 전날 연속극의 당찬 여주인공에 대해, 심야 라디오 프로그램
진행자의 신상에 대해, 모의고사 시험 범위에 관해, 아이들의 재재
거림이 자그락대며 교실 전체를 메우고 있을 때, 교실 문이 벌컥
열렸다. 놀란 눈동자들이 일제히 문 쪽을 향하는 가운데 심하게
일그러진 담임의 얼굴이 불쑥 나타났다. 미처 거두어들이지 못한
성미의 높다란 웃음소리가 고압선에 걸려든 참새의 파닥임 모양
아주 잠깐 더 허공을 저었다가 허망하게 잦아들었다.

"주번은 걸레 갖고 따라와." 주번 아이 둘이 엉거주춤 걸상을
뒤로 빼고 일어섰다. 그때까지만 해도 우리는 복도 쪽 창틀이 먼
지투성이였다든가, 계단 모퉁이에 걸려 있는 우리 반 관할 대형
액자의 청결 상태 따위를 염려했다. "꾸물거리지 말고 빨리 나
와." 주번 아이 둘이 그를 따라간 뒤에도 교실은 잠잠했다. 묵묵
히 눈짓을 교환하거나, 첫 시간 교재를 꺼내 뒤적이는 정도였다.

그 와중에도 혜영은 책에서 눈을 떼지 않았다. 담임의 변덕도,

반 아이들의 전전긍긍도 혜영에게는 한낱 미미한 소요에 불과한 듯했다. 놀라운 집중력이든지, 아니면 대단한 무관심이든지…….

거의 탐욕에 가까운 혜영의 독서욕이, 내게는 일종의 처세나 방편으로 비쳤다. 하긴 책에 두 눈을 박고 있는 한, 이 모든 잡다한 소음으로부터 자유로울 수는 있으리라 여겼다. 그런 한편 그 애가 주위에서 일어나고 있는 일과는 무관하게 누리고 있는 초연함의 정체는 무엇일까, 몹시 궁금했다. 나는 혜영의 잔잔한 수면을 휘젓고 싶은 충동을 억누르며 영어 교과서를 펼쳤다. 담임에게 불려 나갔던 주변 아이들이 씩씩대며 뛰어들 때까지, 나는 그 애의 눈부신 평정을 몰래 훔쳐보았다.

"큰일 났어." 돌아온 두 아이는 긴급 사태를 보고하는 전령답게 의기양양했다. "글쎄, 있잖아. 누가 꼰대 자전거에 침을 잔뜩 뱉어 놨어." 그 말을 전해 듣는 순간의 난처한 달콤함이라니. 우리는 모래알이 묻은 복숭아를 한 입 베어 문 것 같은 표정으로 의미심장한 눈길들을 교환했다. "꼰대는 뭐래든?" "시키면 먹구름과 우박을 동반한 장마 전선이지." "그냥 넘어갈 문형구가 아니지." 곧 불어 닥칠 폭풍우를 염려하면서도 누구 하나 그 행위의 주인공을 힐책하지 않았다. 도리어 두둔하는 분위기였다.

나는 의식적으로 혜영을 돌아다보았다. 그 애의 반응은 실로 냉담했다. 손을 대면 뼈대만 앙상히 잡힐 것 같은 저 아이의 어디에서 저런 고집이 배어 나올까. 첫 수업 시작을 알리는 차임벨이 울리고 영어 선생의 입실이 있기까지도 혜영은 오로지 읽던 책에서 눈을 뗄 줄 몰랐다. 3교시 수업이 끝나 담임 과목인 국민윤리 시간이 다가올 때까지 나는 이상하게도 그 애에게서 신경을 거둘 수 없었다. 그리고 혜영을 제외한 우리 모두는 담임의 서슬에 운동장으로 내몰렸고, 묵묵히 한 시간을 견뎌 내야 했다.

"어때, 괜찮아?"

옆 반 반장인 경혜가 익히 알 만하다는 얼굴로 다가왔다.

"그렇지, 뭐."

나는 얄팍한 호기심에 못을 박는 심정으로 간략히 대꾸해 주었다. 하지만 경혜는 기어이 눈을 빛내며 물었다.

"그 무용담의 주인공은 누구래?"

"몰라."

"은수가 쓰러졌다며?"

"알 거 다 알면서 내겐 왜 묻니?"

멀뚱히 서서 나를 바라보는 경혜를 제치고 교실로 들어갔다. 교실은 시장 통처럼 수선스러웠다. 도시락 뚜껑이 댕그랑 바닥에 나동그라지는 소리, 시큼한 김치 냄새, 스피커에서 흘러나오는 성급한 음악 방송과 장단을 맞추느라 흥얼대는 몇몇 아이들의 콧노래……. 혜영은 주인이 돌아오지 않은 자신의 옆 자릴랑 아랑곳하지 않고 도시락을 꺼내 펼치는 중이었다. 나는 곧장 혜영에게로 다가갔다.

"은수한테 안 가 봐?"

혜영은 내가 왜? 하는 낯으로 두어 번 눈만 끔벅여 보인 뒤 도시락 뚜껑을 열었다. 그 무심함에 공연히 화가 났다.

"그래도 넌 은수 짝이잖아?"

"그래서?"

"난 네가 그래도 은수랑은 잘 지내는 줄 알았어."

"점심시간이야. 지금 난 배가 고프고."

지극히 단조로운 말투였으므로 나는 점점 더 갈피를 잡을 수 없었다.

"배가 고프긴 나도 마찬가지야. 그치만 친구 먼저 살펴볼 수도 있잖아?"

"난 말이야. 너의 그 성실함, 그 알량한 책임감, 그런 게 신물나. 넌더리가 난다구."

뜻밖이었다. 이마가 후끈 달아올랐다. 여태 나는 내가 이런 식의 공격을 받으리라곤 상상조차 하지 못했다. 나 스스로 떠맡은 역할에 은근한 자부심마저 갖고 있었기에 혜영의 비난은 봉변이나 다름없었다.

"난 네가 아니거든? 그러니까 내가 하고 싶은 대로 해. 아무 역할도 걸머지지 않을 거고."

"이상하구나, 넌……."

"상관없어. 난 내 문제만으로도 머리가 복잡해. 터질 지경이야.

그래서 아무것에도 말려들고 싶지 않은 거고. 됐니?"

혜영이 젓가락으로 밥알을 뒤적였고, 나는 엉킨 마음을 안고 내 자리로 돌아왔다. 무엇엔가 강하게 휘둘린 느낌이었다. 혜영은 나더러 넌더리가 난다고 했다. 어째서 그 애가 날 비웃을 수 있을까? 비틀린 걸 거야. 그 완벽하게 비틀린 심사야말로 그 애가 가장하고 있던 평정의 참모습인 거야.

그러나 그렇게 왜곡하고 끌어 내린다고 해서 마음이 풀리는 건 아니었다. 나는 책상에 얼굴을 묻었다. 문득, 아주 외롭다는 생각이 들었다.

채인은 얼음장 밑을 흐르는 실개천처럼 낮게 낮게 흐느끼고, 은수는 양호실 철제 침대 위에 장식용 리본처럼 얌전히 누워 수를 세리라. 수를 세는 건 은수의 버릇이었다. 이산화탄소 양을 측정하기라도 하듯 1분 동안 몇 번 자신의 앞가슴이 오르내리는지, 불어의 불규칙 동사처럼 들쭉날쭉 희미하기조차 한 맥박이 제대로 뜀박질을 하고 있는지, 은수는 자못 심각한 걱정에 휩싸여 신중하고도 우스꽝스러운 의식을 치르곤 했다.

심지어 그 애는 교실 창문에 드리워진 커튼의 주름을 세었고, 담임이 즐겨 사용하는 어휘, 예컨대 '문자 그대로'라는 표현이 담임의 입에서 튀어나올 때마다 바를 정(正) 자의 획을 늘여 갔으며, 화투 패를 떼는 늙은 작부처럼 1에서 10까지 그 수가 가지는 의미에 민감하게 반응했다. 예를 들어 '2'는 흐리멍덩한 어떤 것이었고, '5'나 '8'은 다분히 짜증스러운 무엇이었으며, '9'는 시적인 영감을 주는 무엇, '4'는 느슨한 슬픔으로 규정했다. 그 애는 늘 무엇인가에 사로잡힌 것처럼 자신의 느낌을 숫자로 분류하고, 분류된 숫자의 상징에 부질없이 집착했다. "너만 알고 있어. 우리 엄마의 숫자는 6이야. 여섯. 음험하고 불쾌한 수지."

언젠가 나는 그 애에게 물었다. "상한 생선은 몇이야?" "그야 4지. 그게 누군데?" "바로 나, 절름발이 유혜영." 그 말에 은수는 정말 느슨한 슬픔에 잠긴 것 같은 눈빛으로 나를 쳐다보았다. 나는 그런 유의 시선에 충분히 익숙해 있으면서도 이내 견딜 수 없는 분노에 휘말렸다. 도대체 담임이 종종 내게 베푸는 열외(列外)의 관대함과 다를 게 무어란 말인가.

잊기를 잘하는 물고기처럼 금세 활기를 띤 아이들의 잡담으로 교실은 족히 포화 상태였다. 한낮의 수족관처럼 부글거렸다. 아무도 채인의 흐느낌을 눈치 채지는 못한 모양이었다. 나는 밥알 헤적이는 노릇을 그만두었다. 대신 벽에 기대어 둔 목발을 집었다. 목발은 내 흐늘거리는 두 다리를 일으켜 세워 주었다. 한쪽 어깨로 교실 문을 밀치려고 하자, 마침 누군가의 친절한 손길이 먼저 내 수고를 덜어 주었다. 평소 같으면 그 일은 대부분 은수 몫이었다.

나는 또각또각, 건반을 짚듯 목발로 복도와 계단을 짚어 나갔다. 바삐 층계를 올라오던 아이들도 용케 내 앞을 가로막지는 않았다. 마치 주정꾼의 토사물을 피해 가듯 일사불란하게 길을 터 주었다. 마침내 층계의 마지막 한 칸을 내려섰을 때, 담임의 자전 거는 언제나의 그 자리에, 매끈하고 쾌활한 두 개의 동그라미를 그리며 위용 있게 버티고 있었다. 그 푸른색 튼튼한 골격과 두 개 의 둥근 바퀴는, 내 부끄러운 분노의 가장 확실한 진원이었다.

그날, 내 미래를 향해 망설임 없이 굴러 오던 크고 묵중한 바퀴. 나는 한시도 자유로울 수 없는 내 어린 날의 기억이, 그 둥근 원 속 에 갇혀 끊임없이 신음하는 듯한 착각에 자주 빠져 들었다. 그리 하여 내부로부터 맹렬히 끓어오르는 분노를 삭이지 못해, 오늘 아 침 내 인공의 다리는 우정 단호하게 방점을 찍으며, 거기, 푸른색 자전거로 다가갔다. 낡고 해묵은 사제(私製)의 감정을 정당화시 켜 준 것은 우리들 모두의 공공연한 적의였다.

이제 분명히 밝히지만, 담임의 위해로부터 안전하리라고 생각 한 것은 아니었다. 그러나 본의 아니게 반 아이들 모두가 교실 밖 으로 내몰려지던 순간, 엉뚱하게도 나 자신은 어떠한 경우에도 전 혀 위험스럽지 않은 초라한 존재임을 통감할 수밖에 없었다. 나는 관례에 따라 교실에 홀로 남겨졌다. 한 시간 동안 무위하고 무기 력한 슬픔에 잠긴 채 한낮의 운동장을 내려다보아야만 했다. 운동 장에는 조각조각 오려 붙인 색종이처럼, 은빛 깃발처럼, 은백양나 무 잎사귀들이 황홀히 나부끼고 있었다.

다시 한 번…… 나는, 가느다란 부챗살들이 두 개의 궤적을 지탱해 주고 있는 목표물로 천천히 접근해 갔다. 그러고는 재빨리 분노의 세례를 감행했다. 은수의 유약함을 대신하여. 채인의 그 옹골진 정의로움을 대신하여. 더 많은 급우의 조바심 나는 굴종을 대신하여. 그러나 보다는 내 정강이뼈와 함께 영원히 잘려 나간 미래와, 그 유치한 복수심을 대신하여…….

미열과 약간의 흥분 상태에서 몸을 돌렸을 때, 얼어붙은 눈으로 나를 바라보는 몇몇 낯익은 얼굴들과 맞닥뜨렸다. 일순 당황했지만 이상하게도 곧 마음의 평화가 찾아왔다. 내 분노의 제의(祭儀)를 염탐당한 데 대해 아무런 저항감이나 수치심도 들지 않았다.

나는 그들 경악에 찬 관찰자들이 지켜보는 가운데 기우뚱기우뚱, 한없이 느리고 서투른 보행으로 현관을 벗어났다.

한낮의 볕은 실로 뜨거웠다.

『다시 갈림길에서』, 판, 1990.

가족 수첩

1

방문을 걸었던가.

후문으로 이어지는 비탈을 거의 다 올라가서야 생각이 그에 미친다. 망설임이나 재고의 여지가 없는, 무의식에 가까운 습관은 때로 명확한 재생이 불가능해져서 실밥 뭉치처럼 내 신경을 헝클어 놓곤 한다.

다닥다닥 늘어선 날림 양옥의 쪽문마다에서 학생들이 빠져나와 후문을 향한다. 그 행렬 한가운데에서 우뚝 걸음을 멈춘다. 따가운 아침 햇살을 손바닥으로 가린 채 방문을 나서기 직전의 상황부터 꼼꼼히 되짚어 본다.

거울 앞에 서서 옷매무새를 살피고, 가방을 둘러메고, 다녀오겠노라고…… 하나 마나 한 인사를 했던가 말았던가. 문지방을 넘고, 신발을 꿰신고, 그러고는…….

긁힌 레코드판 돌아가듯 기억은 정작 그 부분에서 헛돌고 있다. 할 수 없지. 먼저와 같은 소동을 피우지 않으려면 번거롭더라도 돌아가서 확인해 보는 편이 좋으리라.

 힘들여 올라온 언덕배기를 맥없이 돌아선다. 일방 통로로 잘못 들어선 행인처럼 조심스럽게 오던 길을 되내려간다. 집 근처에 얼추 당도해서쯤에는 등교생이 눈에 띄게 줄어 있다. 부석한 얼굴에 까치 머리를 한 남학생이 허둥대며 내 옆을 지나쳐 간다.

 첫 강의는 시작되었을 터이다. 분노랄까, 서글픔이랄까, 그런 착잡함……. 허나 이미 친숙해진 감정이므로 나는 별반 동요하지 않는다. 연쇄 반응처럼, 그 응어리를 상쇄하고도 남을 체념이 당연히 뒤따른다.

 어쩌자고 나갔어?

 파출소 보호실 한구석에 구겨지듯 쭈그리고 앉은 엄마를 대하는 순간, 반가움에 앞서 왈칵 울화가 치밀었다. 뜻하지 않은 엄마의 외출로 온 동네를 뒤지고 다닌 뒤였다.

 집에 가고 싶다.

 변명처럼 엄마가 말했다. 엄마가 말한 집이란 아무런 일도 일어나지 않았던 이전에 우리가 살던 곳을 의미했다. 느닷없이 유리창을 깨고 날아드는 돌멩이처럼 옛집에 대한 추억이 맥락도 없이 불쑥 엄마의 훼손된 뇌신경 세포로 끼어든 모양이었다. 내게는 전생의 일처럼 아득하고 무용해진 옛집이 아니던가.

도대체, 가긴 어딜 간다고 그래?

울먹이는 엄마를 부축해 일으켜 세웠다.

거, 몸도 불편하신 분 같은데 혼자 나다니지 않게 주의하십시오.

잠시 시선을 주었다가 다시 책상께로 시선을 거두어들이며 당직 경관이 짜증스레 말했다. 파출소에서 나오는 길로 나는 철물점에 들러 자물통을 하나 구했다. 생의 무게처럼 묵직하고 견고한 쇠붙이를.

안 나갈 거다. 다시는 안 나갈 거다.

안 되겠어. 또 누굴 애먹이려고.

제발, 내가 잘못했어.

으으으. 엄마는 무릎 사이에 얼굴을 묻고 숨죽여 흐느꼈다.

달리 방법이 없어.

그뒤로 내가 방을 비울 때마다 방문은 자물쇠로 채워졌고, 엄마는 햇볕이 들지 않는 방구석에서 시름시름 시들어 갔다.

방문은 잠겨 있다. 결국 헛걸음을 한 셈이다. 가방을 내려놓고 자물쇠를 벗긴다. 달그락, 주먹만 한 쥐가 그릇 엎는 소리를 내고는 부뚜막을 가로질러 소금 단지 뒤로 꼬리를 감춘다. 머리를 찧지 않게 허리를 구부리고 사방 열 자도 못 되는 옹색한 방으로 들어선다. 점심으로 차려 놓은 밥상이 한쪽으로 얌전히 밀려나 있다. 상

보자기를 들춘다. 밥공기며 찬 접시며 죄 바닥을 보이고 있다. 벽을 향해 누워 있던 엄마가 그제야 몸을 뒤척이며 돌아눕는다.

"벌써 먹었어?"

엄마의 눈앞에서 울긋불긋한 상 보자기를 펄럭여 보인다.

"아니 아니, 나 안 먹었다."

엄마는 빤한 거짓말을 한다.

"아침밥 먹은 지 얼마나 됐다고."

"나 손 안 댔다. 정말이다."

"누워 지내면서 자꾸 먹기만 하면 곤란해. 변도 못 보면서."

"정말 정말이다. 나 모른다. 내가 안 먹었다."

"또 그러면 저녁 산책 그만둘 거야."

그 말에 엄마는 풀이 죽어 고개를 떨군다.

"다시는 안 그런다. 응?"

가슴이 아릿하다. 엄마의 유일한 즐거움을 협상 조건으로 내건 자신의 처사가 치졸하고 몰인정하다. 부엌으로 나와 플라스틱 설거지통을 수챗가에 내다 놓고 짐짓 부산을 떨며 그릇과 수저 나부랭이를 왈각왈각 문질러 댄다.

제발 끝장이 났음 좋겠어.

별 생각 없이 무심코 내뱉은 혼잣말이 문득 예리한 칼끝으로 변해 명치를 찌른다. 그 서슬에 비눗물 묻은 유리컵이 미끈 손아귀에서 빠져 달아난다. 유리그릇이 부서지면서 내는 소리는 맑고 날

카롭다. 망연히 흩어진 조각들을 내려다본다. 조각마다 투명한 예각의 반사광이 탁탁 튄다. 저주인지 푸념인지 모를 중얼거림이 지칭한 대상은 과연 무엇이었을까. 엄마의 안락한 죽음일까. 쉬 미련을 떨치지 못한 채 질질 끌어 온 회사 처분 문제일까. 아, 이제 와서 아무러면 어떤가. 흩어진 유리 파편을 주워 모으는 것으로 나는 내 조심성 없는 넋두리를 수습한다.

"오줌 마렵다."

부엌으로 퉁퉁 부어오른 얼굴을 내밀고 엄마가 말한다.

"거기 요강에다 누면 되잖아."

엄마의 얼굴이 방 안으로 사라진다.

엄마는 자주 오줌을 눈다. 잠결에도 여러 번 엉덩이를 까 내리고 쥐 오줌 누듯 찔끔거렸다. 그 때문에 방 안엔 늘 지린 오줌 냄새가 떠다닌다.

오줌 사태야. 중추 신경 장애에서 오는 증세지.

전화선을 타고 성가심을 꾹 눌러 참느라 다소 쉰 듯한 목소리로 형부가 말했다.

괜찮아질까요?

나는 검지로 공중전화 부스의 유리창을 문질렀다. 손가락 끝에 잿빛 먼지가 묻어났다.

약 지어 놓을 테니 와서 가져가도록 해.

형부는 딸깍, 전화기를 내려놓았다. 나쁜 새끼. 나는 더러운 유리창에 그렇게 써 넣었다.

구정물을 버리고 맑은 물을 튼다. 머리카락, 배춧잎, 밥풀 등속이 넓게 떠올랐다가 뽀그르르 소리를 내며 수챗구멍으로 빨려 들어간다.

왜 엄만 머리카락을 집어 밥상 위에다 올리는지 몰라.

찌꺼기를 거르기 위해 쳐 놓은 철망에 들러붙은 오물을 훑어 내면서 한 번 더 주의를 주어야지, 생각한다. 그러나 이내 잔소리가될 뿐 아무 소용에 닿지 않으리라는 사실을 상기하며 쓴웃음을 짓는다. 그보다는 자식들 이름이나 외우게 할 일이다. 엄마는 번번이 내 이름을 틀리게 불렀다. 처음 얼마 동안은 착실히 정정해 주었으나 나중에는 내 쪽에서 지쳐 그만둘 수밖에 없었다. 간혹 나는 엄마가 나를 놀릴 심산으로 우정 그러는 게 아닐까 하는 의심을 품기도 했다. 그럴 때마다, 그럴 리 없는 것을 누구보다도 잘 알고 있는 나로서도 괜히 가슴이 철렁 내려앉곤 했다.

소쿠리에 건져 둔 그릇의 물기가 채 마르기도 전에 엄마는 또한 번 부엌문을 열고 어눌한 목소리로 외친다.

"오줌 마렵다."

강의에 출석하기에는 너무 늦은 시각이다.

2

엄마 곁에 나란히 누워 얼룽덜룽한 천장을 올려다본다. 천장은 낮고 지저분하다.

곧 무너져 버릴지도 몰라.

눈을 감고 잠을 청한다. 습기 밴 갈색 벽지가 어른거릴 뿐, 온몸을 죄는 피곤에 비해 쉬 잠이 들지는 못한다. 낮잠이 체질적으로 받지 않기 때문만은 아니다. 나는 간밤의 일을 생각하고 있다.

골목에 연한 창문이 가볍게 흔들리고 이어 내 이름을 부르는 소리. 나는 눈과 귀를 떴다. 아, 오빠구나. 지난밤, 이가 잘 맞지 않아 열고 닫을 적마다 덜컹거리는 쪽문을 밀치고 나서면서 나는 사뭇 떨리는 가슴을 진정시키려 꽤 애를 써야 했다. 아아, 정말 오빠가 왔구나. 담벼락에 등을 기댄 채 담배 연기를 내뿜고 있던 그림자가 천천히 내 쪽으로 다가왔다.

면목 없구나.

곤하게 잠든 엄마의 머리맡에서 오빠는 눈시울을 붉혔다.

어떻게 지냈어?

그냥 여기저기 떠다녔다.

전주(錢主)들이 썩 나서질 않더구나. 나선다 하더라도 조건이 영 안 맞아. 모두 거저 삼키려 들더군.

더 이상 버텨 봤자 힘든 건 우리잖아.

내가 말했다.

어머니의 평생이라고 생각하니 도저히 헐값에 넘길 수가 없었다.

그렇다고 가동도 못 하고 있는 공장 건물만 바라보고 있을 뭘 해.

그래, 네 말이 옳다.

오빠는 힘없이 고개를 주억거렸다. 오빠는 작은언니에 대해서 묻지 않았다. 나도 굳이 말하지 않았다. 하긴 달리 할 말이 없기도 했다. 오빠가 이따금 엄마와 나를 보러 오듯, 작은언니도 그렇게 찾아와 주리라고 기대한다는 것이 얼마나 큰 어리석음인지 오빠도 나도 잘 알고 있었다. 우리는 그저 기다릴 뿐이었다.

이 밤중에 가긴 어딜 간다고 그래. 비좁더라도 자고 가.

그러나 오빠는 한사코 내 손을 뿌리쳤다.

잘 데야 없겠니?

어둠 속으로 성큼 걸음을 옮기며 오빠는 갔다. 나는 오빠의 뒷모습이 수평 노상(水平路上)의 작은 점처럼 아득히 멀어져 가는 것을 위태롭게 지켜보았다. 어젯밤, 오빠는 이미 예전의 오빠가 아니었다. 오빠는 변해 있었다. 나는 오빠의 손을 내려다보고 그 변화를 깨달았다. 그것은 내게 막연한 두려움을 안겨 주었다.

잠이 오지 않는다. 어디서부터 잘못된 것일까. 이제 끝이겠거니, 여기서 더 나빠지지는 않겠거니, 자위하다 보면 어느새 다른 '끝'에 닿아 있었고, 좀 더 '나빠져' 있었다. 그새 2년이 흘렀다. 나아질 기미는 보이지 않았다. 곧 무너져 내릴지도 모를 낮고 지저분한 천장 아래 몸을 누일 수 있는 것만으로도 홍감하게 여겨야 할 날이 닥치지나 않을까. 벼랑 끝에 서 있는 듯해서 늘 마음이 조마조마하다.

끄응. 엄마가 몸을 일으킨다. 이불을 덮어 주려는 것이다. 엄마가 아주 가끔씩 보여 주는 본능적인 모성애는 기이한 느낌을 불러일으킨다.

아직도 나의 엄마인가.

엄마는 더위를 많이 타는 내게 지성으로 이불을 덮어 주었다. 내가 그것을 걷어 내면 다시 다독거려 덮어 주곤 하는 것이 어느 날엔가는 몹시 신경에 거슬렸다. 와락 이불을 젖히면서 새된 소리를 내질렀다.

쪄 죽겠어. 제발 그만해.

그러고 나서 내가 얼마나 후회했는지 엄마는 결코 모를 것이다. 엄마는 주춤 물러나 앉았다. 볼이 실룩거리더니 마침내 울음이 터졌다.

난, 난, 네가 추울까 봐……, 잘못했어.

엄마는 자신이 덮었던 이불을 나눠 덮어 주곤 기우뚱기우뚱 윗목으로 간다. 창턱에 한 손을 짚고 다른 한 손으로 지린내 밴 통바지를 끌어내린다. 배뇨가 잦은 만큼 양이 적고 그나마 색이 붉다. 요의를 느낄 때마다 어김없이 요강을 타고 앉지만 시원하게 배설이 안 될 때가 더 많다. 그럴 때면 엄마는 3, 4분 간격으로 요강을 찾는다.

"좀 참았다 눠 봐."

"누고 싶은 걸. 테레비나 틀어 줘."

"아침 방송 끝났어."

"언제?"

엄마는 믿기지 않는 듯 눈을 크게 뜬다.

"아까 애국가까지 듣고 껐잖아."

엄마는 일단 고개를 끄덕인다. 그러나 나는 속지 않는다. 아니나 다를까, 엄마는 통바지를 끌어올리며 어린애처럼 떼를 쓴다.

"아니다. 할지도 모른다. 틀어 봐라."

"이따 저녁에나 나와."

꼼짝도 하기 싫다. 전원을 눌러 지지직거리는 화면을 확인시켜 주면 간단할 텐데도 구태여 입씨름 쪽을 택하고 누워 있다. 엄마와의 끝없는 싸움. 우울하다. 하지만 엄마를 포기할 수는 없다. 성장이 정지된 네 살배기 엄마. 이전의 엄마는 어디로 간 것일까.

토라진 엄마를 찬찬히 뜯어본다. 어느 한 곳에도 고정되어 있지 않은, 항시 열린 두 눈. 볼품없이 자른 반백 커트 머리. 나무토막처럼 뻣뻣한 좌반신. 엄마의 왼쪽 손가락 마디마디는 의수족기 상점 진열장에 가지런히 전시된 고무 제품을 연상케 한다. 이제 그러한 사실은 내게 더 이상의 슬픔을 안겨 주지 못한다. 엄마는 조금씩 죽어 가고 있다. 아니다. 정작 죽어 가는 사람은 나다. 나는 내가 갖고 있던 모든 것을 살해했다. 죽여라 죽여. 나를 길들이고 나에게 길들여졌던 내 과거의 모든 편린들이 하나씩 빈껍데기로 현실의 발치에 쌓여 갔다. 그리고 지금 내게는 아무것도 남아 있지 않다.

"테레비도 안 하면…… 히, 짝이나 맞출란다."

엄마는 요 밑으로 손을 넣고 더듬는다. 엄마가 이불을 들썩일 때마다 노리끼리한 비린내와 함께 마른 먼지가 풀썩인다.

필시 살비듬 썩는 내야.

어쩌다 한 번씩 들를 뿐인 큰언니는 코를 싸쥐었다. 큰언니에게서는 질 좋은 향수 냄새가 났다.

한 줌의 화투 패가 요 위에 쫙 펼쳐진다. 엄마는 네 귀가 닳을 대로 닳아빠진 조악한 화투장을 한 장씩 옮겨 놓으며 헤아리기 시작한다.

"하나, 둘, 셋……."

엄마는 프로그램이 잘못 입력된 컴퓨터처럼 늘 일곱에서 아홉으로 훌쩍 건너뛴다.

그것도 못 세? 할머니는 바보야.

언니네 아이가 핀잔을 주며 날 따라 해, 했다. 하나, 둘, 셋, 넷…… 엄마는 천진스럽게 웃으며 손자가 불러 주는 수를 또박또박 받아 뇌었다.

엄마의 화투짝 헤아리기는 끝없이 이어질 듯 아주 느리다. 중간 중간 빠지고 건너뛰어 별 의미가 없는 셈인데도 그 표정은 퍽이나 진지하다. 짝이 맞지 않으면 어떡하나, 걱정하는 기색이 역력하다. 애당초 짝이 틀린 화투라고 일러 주면 엄마는 어떤 얼굴을 할까.

"짝은 맞춰 뭐하게?"

심드렁하게 내가 묻는다. 엄마는 셈하는 일에 여념이 없어 내 말을 듣지도 않고 있다.

"허구한 날 짝이나 맞추어서 뭘 하느냐고. 화투를 두든지……
그래, 화투패 뜨는 걸 가르쳐 줄게.

엄마가 화투를 둘 수 있으리라고 믿지 않는다. 다만 지루하게 이어지는 헛셈에 염증이 났을 뿐이다.

"정 뭣하면 내가 상대해 줄 수도 있고."

여전히 응답이 없다. 갑자기 견딜 수 없이 초조해진다. 벌떡 상체를 일으켜 엄마에게 바투 다가앉는다.

"있잖아, 그 화투. 짝이 모자라."

내 음성은 터무니없이 은밀한 여운을 남긴다. 그러자 나 자신이 결코 발설해선 안 될 비밀이라도 털어놓은 듯 전신의 힘이 탁 빠지는 것 같다. 엄마는 그러나, 맨 마지막 한 장을 마저 옮긴 뒤 흡족한 웃음을 짓는다.

나는 일어나 앉은 김에 두 손으로 출렁이는 요강을 받쳐 들고 밖으로 나간다. 변소에 오줌을 쏟아 붓고 수돗가에 쭈그리고 앉는다. 요강에 손을 넣어 휘휘 두른다. 역한 냄새가 코에 닿기 전에 대기 속으로 흩어져 주었으면 싶어 될 수 있는 대로 팔을 죽 뻗어 휘둘러 낸다. 그래도 독성 강한 냄새가 코끝에서 알찐거린다. 요강을 부실 때마다 속이 뒤집힌다. 횟배라도 앓는 양 메스껍고 헛구역이 올라온다. 언젠가는 속엣것을 죄 토해 낸 적도 있다. 수챗가에 쭈그리고 앉아서 웩웩거리다 얼핏 올려다본 하늘은 온통 싯누랬다. 눈물이 핑그르르 돌았다.

"어째 오늘은 집에 있네. 학교 안 가?"

안채 새댁이 너부죽한 빨래 함지를 내려놓는다. 붉게 물들인 머리채 사이로 제 빛깔을 띤 머리카락이 잡초처럼 돋아나 있다.

"가다 돌아왔어요."

그녀는 알 만하다는 듯 쯧쯧 혀를 찬다.

"고생이구먼, 학생이."

중늙은이를 흉내 내는 그녀의 말투가 나를 더 심란하게 만든다.

"졸업반이던가?"

대답 대신 고개를 끄덕인다. 나는 그녀를 별로 신뢰하지 않는다. 친밀감을 가장한 호기심과 얄팍한 동정, 그리고 수다스러움은 정말이지 견디기 힘들다. 치욕이야, 이건. 내 내심의 반기를 그녀가 알 리 없다. 나는 그녀가 무슨 말을 하고 싶어 하는지, 엄마를 바라보는 시선에 어떤 편견이 깔려 있는지 모르는 것이 아니다. 그만 가실 일이지. 저러고 방구들 지고 누워 있음 뭐하누. 자식들만 못할 노릇이야. 아마 그녀는 그렇게 말하고 싶을 것이다. 만약 그녀가 정말 그런 험한 소리를 입 밖에 낸다면 나는 그녀의 목을 조를지도 모른다. 그것은 다른 누구의 경우에도 마찬가지다.

자리를 털고 일어나 마당을 가로질러 쳐 있는 빨랫줄에서 걸레를 걷어 낸다. 요강의 물기를 대충 훔쳐 방에 들여놓고 손에 비누칠을 한다. 여러 번 씻어도 악취는 떨어지지 않는다. 아니, 그렇게 느끼는 건 단지 내 기분에 불과하다.

"좀 어떠셔?"

빨래 함지에 가루비누를 잔뜩 풀어 넣으면서 턱짓으로 우리가 세 든 문간방을 가리킨다.

"고만고만하세요."

"하긴 하루아침에 낫는 병이 아니지. 내 아는 어떤 노인넨 바람벽에 똥칠할 때까지 꼬박 8년을 드러누워 지냈어. 풍 내리면 힘들어. 3일째 못 일어나면 3년 고생, 7일 되어도 자리 못 털면 7년 고생이라잖아."

엄마는 일주일째 되던 날 비로소 깨어났다. 그러나 완전히 잠에서 깨어난 것은 아니었다. 초점 없는 눈만 치떴을 뿐, 엄마의 침묵은 완강했다. 몇 가닥 고무 튜브가 엄마의 가수 상태(假睡狀態)를 연장시켜 주었다. 포기하시라고, 살집 좋은 담당 의사가 건조한 억양으로 선언했다. 큰언니는 제 설움에 겨워 꺽꺽 소리 내어 울었다. 우우, 하고 엄마가 바싹 타들어 간 입술을 달싹여 해독할 수 없는 발성을 낸 것은 바로 그때였다. 못질을 하기 전 영원한 이별을 고하기 위해 마지막으로 관 뚜껑을 열었을 때, 벌떡, 고무공처럼 탄력 있게 퉁겨 오르는 시신을 대하듯 우리는 모두 그 자리에 얼어붙었다.

"게다가 학생 어머니는 정신마저 온전치 못하시니……. 한때 떵떵거리고 살았으면 무얼 해. 그러게 사람 팔자 한 치 앞도 못 내다본다니까."

그녀의 말을 더 들어야 할 이유가 없다. 그녀는 또 큰언니의 뜸한 방문을 들먹일 것이다. 나는 그녀가 동네 여자들 앞에서 있는 내력 없는 내력 죄 까발려 떠드는 것을 들은 적이 있었다. 아무리 잘살면 뭘 해. 자식 된 도리나 제대로 해야지. 그러다가도 그녀는 큰언니가 다니러 올 때마다 인사치레로 나눠 주는 과일 바구니며 식용유 따위에 헤실헤실 속 빈 웃음을 흘린다.

허공에 대고 젖은 손을 탁탁 뿌려 물방울을 떨어낸다. 한 차례 소나기라도 쏟아지려는지 남쪽 하늘 끝에서부터 피어오른 먹장구름이 점점 넓게 퍼진다. 머리 위에서 구름은 아침나절의 쨍쨍하던 태양을 조금씩 잠식해 들어간다.

엄마는 화투짝 맞추기에 정신이 팔려 있다. 요 위에는 열두 개의 꽃다발이 널려 있다. 목단은 목단끼리, 매조는 매조끼리, 홍싸리는 홍싸리대로. 엄마의 기억력은 종잡을 수가 없다. 접선이 불량한 형광등처럼 섬광과도 같은 불꽃이 타닥타닥 튀다가도 이내 잠잠해진다. 두서없고 지속력 없는 엄마의 대뇌는, 갓 입학한 코흘리개가 잔뜩 갈겨쓴 낙서를 고무지우개로 지우다가 미처 지우지 못하고 몇 개의 자음과 모음을 얼룩처럼 남겨 놓은 채 내동댕이친 종합장을 닮았다.

나는 주섬주섬 옷을 갈아입는다. 화투짝을 그러쥐던 엄마의 손이 대번 파르르 떨린다. 엄마는 두려운 것이다. 혼자 남게 된다는 사실이. 곰팡이 피는 냄새와 지린내가 한데 엉긴 좁은 방 안에 다시 갇히게 된다는 사실이. 엄마를 안심시키기 위해 나는 한결 나긋나긋해진 음성으로 외출 사유를 밝힌다. 그러나 엄마가 이해하리란 기대를 가지기는 어렵다.

"금방 올 거야. 약 가지러 가는 거니까 어쩔 수 없어."

엄마는 요 밑에 화투를 집어넣고 슬며시 자리에 눕는다. 시위를 겸한 체념이 은근히 내비친다. 나는, 정말 어쩔 수 없어, 라고 되풀이한다. 엄마의 어깨가 물결치듯 잔잔히 흔들린다. 그 순간, 아 엄마는 버려졌구나, 하는 탄식이 입 안을 맴돈다. 동시에 살을 후비는 동통이 폐부를 찌른다. 외출을 포기할까 망설이다 생각을 고쳐먹는다.

부엌으로 내려서면서 흘끔 뒤를 돌아본다. 엄마는 이불자락을 머리끝까지 덮어쓴다. 소리 나지 않게 방문을 닫고 자물쇠를 건다. U자로 구부러진 고리의 끝 부분을 자물쇠의 몸통에 맞춰 누른다. 찰칵. 금속의 내부에서부터 울려 퍼지는 음향이 짤막하게, 그러나 단호한 파장을 띠고 손끝에 전해진다. 문을 하나 사이에 두고 감금된 엄마는 숨죽여 흐느끼고, 나는 열쇠가 든 손아귀를 꽉 움켜쥔다.

"나가려고?"

빨랫감을 비비고 있던 새댁이 갈라지는 목소리로 묻는다. 나는 대답 대신 선반 위 빈 비눗갑에 열쇠를 감춘다. 손바닥에서 비릿한 쇳내가 난다. 바지춤에다 손바닥을 쓱 문지른다. 그래도 쇳내는 가시지 않고 희미하게 남아 후각을 자극한다.

대문을 나선다. 등 뒤로 물 묻은 손을 닦아 내는 새댁의 인기척을 낱낱이 읽을 수 있다. 그녀는 내 그림자가 채 골목을 빠져나가기도 전에 선반을 더듬을 것이다. 축축한 손으로 비눗갑에서 열쇠를 꺼내고 방문을 딸 것이다. 그러고는 음험하게 눈을 빛내며 이유 없는 적의에 차서 엄마를 노려볼 것이다. 퀴퀴한 악취에 눈살을 찌푸리겠지만 곧 냄새에 익숙해져서 방 구석구석을 뒤지기 시작할 것이다.

그러나 나는 그녀의 무례한 침입에 신경 쓰고 싶지는 않다. 그 것은 그녀를 위해서가 아니라 나를 위해서다. 만약 내가 그녀의 조심성 없는 호기심을 비난하거나 경계하려 들면 그녀는 정색을 하고 잡아뗄 것이니까.

학생 엄마가 하도 사람을 찾기에 딱해서 염치 불구하고 들어갔지. 말 상대나 돼 드릴까 하고. 딴 뜻이 있어서는 아니었다고.

그래, 좋은 게 좋은 거다. 나는 제법 세상살이에 달통한 늙은이처럼 중얼거려 본다. 그러자 조금쯤 여유가 생기는 것도 같다.

3

도시는 길고 습하다. 어디를 가도 속살이 드러난 듯 붉은 흙이 파헤쳐져 있다. 바람이 불 때마다 흙먼지가 날린다. 깊게 파 들어간 웅덩이에서 기어 나온 고무호스가 탁한 물줄기를 콸콸 쏟아 낸다. 어디선가 툴툴거리는 모터 소리가 끊이지 않고 들려온다.

손수건으로 이마와 코언저리를 누른다. 흑회색 고운 먼지의 입자가 손수건에 묻어난다. 목덜미에 착 달라붙은 머리카락을 일일이 쓸어 올리고 나서 목의 땀도 씻는다. 우중충한 하늘에 비해 비는 좀처럼 내리지 않는다.

차는 아주 굼뜨게 움직인다. 한참을 정지해 있던 버스가 다시 출발할 때마다 목이 한껏 젖혀지고 상체는 의자 등받이에 사정없이 내동댕이질 당한다. 행인들의 거친 말투가 부르릉대는 엔진음 사이로 잡음처럼 끼어든다. 차창 밖으로 보행자의 행렬이 꼬리를 물고 멀어져 간다. 문득, 사람들은 그 자리에 멈춰 있는데 내가 탄 버스가 뒷걸음질 치고 있구나 하는 착각이 든다.

어느 순간 갑자기 차가 움직이기 시작한다. 나는 등받이 깊숙이 몸을 묻은 꼴이 된다. 등줄기에 땀이 끈적끈적하게 배거나 말거나, 그래서 얇은 속옷과 블라우스가 젖어 들거나 말거나, 나는 통

풍을 고려하지 않은 것이 분명한 비닐 커버의 등받이에 몸을 딱 붙인 채 눈을 감는다.

희붐한 빛이 눈을 감아도 망막에서 사라지지 않는다. 바람이 점점 세차게 부는 걸로 봐서 버스가 제법 속도를 내는 모양이다. 비단 바람뿐이 아니다. 차체의 진동으로도 느낄 수 있다. 어디쯤일까. 더듬이가 발달한 곤충류이기라도 하듯 풍향만으로 위치를 감각하기 위해 촉수를 곤두세운다.

부우…… 도시 전체를 하나의 공명판으로 하여 내는 소리. 그 낮고 뭉툭한 뱃고동이 내 몽롱한 청각을 후벼 놓는다. 일단 귀가 뚫리자 이번에는 온갖 잡다한 소음이 한꺼번에 밀어닥친다. 그 서슬에 눈을 뜬다. 소리는 시각이라는 다른 감각 체계와의 공존으로 인해 감도가 약해진다.

길은 거의 일직선에 가깝게 뻗어 있다. 한 블록이 끝날 때마다 폭이 좁은 두 갈래 길이 열십자를 이루며 가로지른다. 지하철 공사 구간을 벗어나면서부터 버스는 미끄러지듯 8차선 대로를 질주한다. 나는 앞으로 쏠리지 않으려고 손잡이를 꽉 움켜쥔다. 도로에 연한, 외관이 단조로운 빌딩과 전봇대와 가로수가 휙휙 밀려난다. 간간이 지각이 꺼지듯 움푹 주저앉은 낮고 초라한 건물 너머로 곧게 솟은 선박의 마스트, 대양(大洋)을 향한 동경과 설렘의 상징적 구조물이 보인다. 쓸쓸한 웃음기와 함께 진정을 기울여 본 기억이 없는 한 남자가 떠오른다.

배를 타고 될 수 있으면 멀리 나가고 싶었습니다.

나는 그가 거짓말을 한다는 걸 알았다. 그가 손을 들어 먼 수평선을 가리킬 때, 내게도 얼마쯤의 낭만적인 감수성이 있습니다, 하고 눈빛으로 말했을 때, 나는 차라리 울고 싶었다. 연애에 관한 한, 아마도 그는 허세와 덧입히기 교본을 통독한 것은 아니었던지. 의당 그래야 한다고 느낀 듯 그는 자신의 전공에 대해, 혹은 포부에 대해 부풀려 떠벌리는 중간에, 베토벤을 좋아합니다, 팝송은 어딘지 경박스러운 것 같아서요, 라고 양념을 쳤다. 왜 그는, 시를 좋아합니다, 간혹 잠 못 이루는 밤이면 시를 쓰지요, 언제 한번 기회가 닿으면 보여 드리고 싶군요, 따위의 말들은 덧붙이지 않았을까. 어쩌면 그럴 기회가 없었기 때문인지도 모른다.

나는 꽤 여러 번 그를 만났다. 내가 그 만남을 중단하지 않은 데에 무슨 특별한 이유 같은 건 없었다. 그저 무료할 때 그에게 전화를 걸었고, 만날 약속을 정했으며, 끊임없이 서로를 탐색했을 뿐이었다. 나는 엄마나 그를 소개해 준 형부의 잣대를 빌어 과연 투자 가치가 있는 위인인지, 어디에 내놓아도 손색이 없을지, 노골적으로 말하자면 혼수 시장의 일등 상품으로서의 자격을 제대로 갖춘 인물인지 요모조모 재 보고 뜯어보았다.

그러기는 그쪽에서도 마찬가지였을 것이다. 출세하기에 지장없을 뿐 아니라 충분히 뒷바라지를 해 줄 만큼 재력 있는 집안의 막내딸인지, 개업할까 봐, 라고 운을 떼기만 하면 쪼르르 친정으로 달려가 필요한 밑천을 우려내 올 수 있을지 내심 굴려 보고 뒤집어도 봤을 것이었다. 말하자면 그도 나도 선남선녀의 얼굴을 한 채 추악한 거래를 하고 있던 셈이었다.

후드득 빗방울 듣는 소리에 창밖을 내다본다. 어느새 굵은 빗발이 차창을 후려치고 있다. 운전석 앞 전면 유리에는 부채꼴을 그리며 와이퍼가 작동하고, 거리는 뽀얗게 피어오르는 우연(雨煙) 속으로 천천히 잠긴다. 행인들의 발길이 급속히 뜸해지는 반면 여기저기서 한 팔 가득 비닐우산을 끼운 아이들이 불쑥 튀어나온다.

돌발적이야.

땀에 전 손수건으로 유리창에 달라붙은 미세하고 고운 물방울의 입자를 걷어 내며 나직이 중얼거린다. 허나 무엇이 돌발적이라는 걸까. 삽시간에 고르지 못한 보도블록에 빗물이 괴고, 그 물탕을 질척이며 "우산이요!"를 외치는 아이들의 출현일까. 그에 앞서 사납게 뿌리기 시작한 저 소나기일까. 아니면…….

난 처음부터 네가 마음에 들지 않았어.

탁자를 하나 사이에 두었을 뿐인데도 그의 음성은 아득히 먼 곳에서 들려오는 듯 웅웅거렸다. 나는 주홍빛 등갓에 가만 시선을 주었다. 지하 다방이어서 실내 공기는 염려스러울 만치 탁했다. 나는 아무 말도 하지 않았다. 그는 내가 충격을 받았다고 짐작하는 눈치였다. 가해자의 우월감과 비열함으로 더욱 당당해진 그는 팔짱을 낀 채 자신의 선언을 흡족하게 음미하고 있었다. 그의 입가에 살짝 얹힌 웃음이 그것을 말해 주었다.

이제 더 이상 만날 필요가 없다고 생각해. 한쪽이 다른 한쪽의 조건을 충족시킬 수 없게 되었을 때, 두 사람의 만남은 의미가 없어. 설마 무슨 뜻인지 모르겠다고 우기진 않을 테지?

나는 욕지기가 꾸역꾸역 치미는 것을 간신히 누르고 있었다. 선제공격을 당한 자의 처참한 몰골을, 도저히 회복할 수 없을 정도로 구겨진 자존심을 그에게 보이지 않기 위해 내심 초인적인 인내를 발휘하지 않으면 안 되었다. 하긴, 달리 할 말이 없기도 했다.

그가 식어 버린 커피를 훌짝 비우고 일어섰다. 뒷주머니를 뒤적이며 성큼 카운터로 향하는 그를 불러 세웠다.

이거 봐요.

그가 멈칫하는 순간 나는 잽싸게 그를 앞질렀다. 분을 잔뜩 개어 바른 마담에게 지폐 한 장을 내밀었다. 거스름돈을 돌려받고 그를 향해 돌아섰다.

댁과 나, 두 사람의 만남, 거래였고 사기였다는 건 인정하죠. 그런데 오늘 문득 깨달았어요. 댁은 천성적으로 하급이라는 거. 이제라도 알게 돼 기뻐요.

그의 얼굴이 분노와 수치심으로 벌겋게 달아올랐다. 나는 출입문을 향해 총총히 걸음을 떼었다. 더러운 속물. 욕설을 뱉으며 걷고 또 걸었다. 그 끝에 바다가 있었다.

그래, 돌발적이었어.

그 무렵 일어났던 모든 사태는 누구의 책임도 아니었다. 엄마가 쓰러지고 부도가 났다. 그러자 그가 헤어지자고 말했다. 오랜 시간 치밀하게 준비해 온 계획이 한 치 빗나감 없이 예정대로 진행되는 것처럼, 사태는 걷잡을 수 없이 악화되었다. 밤을 꼬박 밝히면서 공들여 세운 도미노 성곽이 지극히 미력한 흔들림에 의해 속수무책으로 붕괴되어 갈 때, 우우 일어서며 박수를 보내는 관객들.

도시를 삼킬 듯 맹렬히 퍼붓던 처음의 기세와는 달리, 어느 한 순간을 고비로 빗발이 점차 누그러든다. 이제 나는 지난 시간의 일들을 감정의 격렬한 북받침 없이 떠올릴 수 있다. 적어도 그렇게 믿는다. 은백색 비늘을 펄떡이며 유년의 강으로 필사의 역류를 단행하는 연어 떼. 그 신비한 율동을 더 이상 동경하지 않는다.

버스는 곡예를 부리듯 아슬아슬하게 비좁고 가파른 산복* 도로로 기어오른다. 먼발치에 군청의 바다가 발 고운 명주처럼 가늘고 긴 모래밭을 끼고 오만하게 누워 있다. 외항에는 거대한 선박들이 드문드문 정박해 있고, 포구 가까이에는 놀잇배들이 튼튼한 꿰미로 가지런히 다루어져 있다. 커브를 돌 때마다 조금씩 다른 각도의 바다가 다가왔다 다시 사라진다. 까닭 없이 콧날이 시큰하다.

* 산복 : 산허리, 산비탈.

엄마는 지금쯤 무엇을 하고 있을까. 창을 때리는 빗소리에 퍼뜩 잠에서 깨어나 듣는 이 없는 울음을 깨물고 있을지도 모른다. 혹은 요강을 타고앉아 찔끔찔끔 붉은 오줌을 누고 있을지도 모른다.

나는 엄마를 감금했다.

서글픈 자백이여, 서글픈 자책이여. 온몸의 각질이 일제히 들썩거린다. 벌레가 기어다니는 듯 스멀스멀하다. 나는 참담한 기분으로 손등을, 겨드랑이를, 허벅지를 북북 긁는다.

4

병원으로 가야 할지, 행여 궁한 소리라도 늘어놓을까 눈을 가늘게 뜨고 경계하는 큰언니의 아파트로 가야 할지 잠시 망설인다. 그러나 결국 매연을 뿜으며 발차하는 버스의 꽁무니를 돌아 왼쪽 길을 택한다. 화력 발전소 너머 손바닥만 한 내해(內海)로 말갛게 씻긴 햇살이 작살처럼 내리꽂히고 있다.

'하포(霞浦) 아파트 단지'

안내판 군데군데 페인트칠이 벗겨져 붉은 녹이 흉하게 드러나 있다. 야산을 밀어내고 풍치 있게 들어앉은 맨션에 비해 좀 초라하다 싶은 입구를 지나면서부터 이유 없이 초조해지는 마음을 다스리기 위해 서너 걸음마다 심호흡을 한다.

너도 알다시피 네 형부 수입, 그리 대단한 게 못 돼. 건물세 내야지, 간호사들 월급 줘야지. 어디 그뿐이니? 월말에 연말이면 여기저기서 손 벌리지. 남의 말 좋아하는 사람들은 너랑 엄마랑 그렇게 팽개쳐 둔다고 구시렁댈 테지만 나도 할 만큼은 했다고 생각해.

후. 줄칼로 문지르던 손톱을 불며 언니가 말했다.

밑 빠진 독에 물 붓기지. 언제까지 날 바라볼 수만은 없잖아.

한순간 큰언니에게 부담을 안겨 주고 있다는 죄책감까지 들었다.

잘 알아, 언니 입장 난처하다는 거.

나는 밀린 방세 건을 꿀꺽 삼키고 자리에서 일어났다.

잠깐 기다려.

큰언니는 지갑에서 푸르스름한 지폐 몇 장을 꺼냈다. 나는 가릴 체면도 없이 넙죽 손바닥을 폈다. 또 오라는 겉치레 인사 한 마디 없이 현관문이 닫혔다. 등 뒤로 허전한 한기를 느끼며, 내 다시는 오나 봐라 이를 악물었다. 꼭 일주일 전 일이었다.

딩동. 초인종을 누르고 귀를 기울인다.

"누구세요?"

눈높이에 부착된 어안 렌즈를 통해 방문객을 확인했을 텐데도 미덥지 않은 모양이다.

"규언이 이모예요."

보조 키와 안전장치가 차례로 열린 뒤에야 문이 열린다. 나를 맞는 파출부 아줌마의 표정이 좀 묘하다.

"어서 와요. 덥죠?"

"좀…… 언닌 어디 나갔어요?

"유치원에 가셨어요. 규언이 선생님한테서 연락이 와서요."

아줌마는 입가에 모호한 웃음을 만들며 시늉만으로 벽시계를 올려다본다.

"돌아오실 때가 됐네요."

큰언니의 부재가 오히려 내 불편함을 덜어 준다. 큰언니와의 대면을 잠시 연기한 데서 오는 느긋함을 조심스레 즐기며 쿠션 좋은 소파에 등을 기댄다. 참으로 오랜만에 느껴 보는 안락함이다. 이리저리 밀려다닌 요 이태 동안, 20여 년 남짓 몸에 밴 부르주아적 습성을 얼마나 저주했던가. 거실 한쪽 벽면을 가득 메운 유리장의 장식품들, 정연하게 꽂혀 있는 클래식 음반들, 제법 격식을 갖춘 전축과 윤기 흐르는 크림색 그랜드 피아노. 전혀 낯설지 않은 그 물품들 중 일부는 작은언니가 아끼던 것들이었다.

미친년. 원래 광기가 있었어.

큰언니가 서슴지 않고 미친년으로 규정한 작은언니는 끝내 돌아오지 않았다. 집달리*가 들이닥치기 전 큰언니는 눈부시게 활약하여 작은언니의 소지품들을 노획했다. 나는 이해할 수 없었다. 하루아침에 주저앉아 버린 가세(家勢)보다도, 기다리기라도 했듯 훌훌 집을 나가 소식 없는 작은언니보다도, 큰언니가 보여 준 재빠르고도 탐욕스런 손길에 더욱 가슴이 뛰었다. 형부는 음험한 눈

---

* 집달리 : '집달관'의 옛 용어. 법원에 속하여 재판 결과를 집행하고 서류를 송달하는 기관 및 직원.

길로 큰언니를 부추기고 있었다. 나는 일련의 순서처럼 차례로 다가오는 함몰을, 그리고 해체된 선체(船體)의 한 조각에 매달려 부유하는 자신을 보았다.

나가 줘.

그러나 나의 무력한 저항은 큰언니의 손가락 하나도 멈추게 하지 못했다.

바보같이 굴지 마. 어차피 차압당할 텐데, 이렇게나마 건져야지.

파출부 아줌마가 내온 우유를 한 모금 마시고 베란다로 내려선다. 키 낮은 관상목과 화초 삼아 재배하는 유실수 화분이 거의 발 놓을 틈 없이 빼곡하다. 큰언니에게 원예 취미가 있었던가. 둥글게 맺혀 있던 물방울들이 싱싱한 초록의 잎맥을 타고 또르르 굴러 내린다.

도로를 내려다본다. 진입로를 사이에 두고 새로 지은 상가와 허술한 적산 가옥들이 납작하게 엎디어 있다. 눈 아래에서 시작된 길은 버스가 다니는 큰길과 만나 T자를 이룬다. 큰길을 건너면 바로 화력 발전소 정문이다. 발전소는 바다를 가로막고 있어 탁 트인 조망의 즐거움을 제공해 주지 못한다. 큰언니는 그것을 늘 못마땅해했다.

잘못 앉았어.

입주한 날부터 큰언니는 낯을 찡그렸다. 그러나 머잖아 발전소 건물이 헐릴 것이라는 소문이 돌자 큰언니의 불만은 즉각 아파트 입구의 일반 주택들에게로 옮겨졌다. 불결하다는 이유였다. 굴러 온 돌이 박힌 돌 빼낸다더니 언니가 그 짝 났어. 나는 그렇게 쏘아 주고 싶었다. 마치 주정뱅이가 토해 놓은 오물이라도 대하듯 금테 안경 너머 차갑게 빛나는 큰언니의 눈이 내 말을 가로막았다.

몇 시나 되었을까. 고개를 돌려 시계를 보는 대신 아래층에서 들려오는 피아노 소리에 귀를 모은다. 같은 멜로디가 두 번씩 반복된다. 매끄러운 음색을 내는 처음 것에 비해 뒤이어 나는 소리는 어눌한 데다 중간 중간 박자를 놓치곤 하는 것이어서 괜히 듣는 쪽이 부담스럽다. 작은언니라면 귀를 싸매고 고함을 질렀으리라.

소음에 관한 한 작은언니는 지나치게 예민했다. 전화벨이라든가 초인종, 개 짖는 소리, 클랙슨, 무엇 하나 너그럽게 견뎌 내질 못했다. 작은언니가 가장 못 견뎌한 것은 일요일 아침 동네 교회에서 흘려 보내는 성가 방송이었다.

하나님의 진리 등대 길이길이 빛나니……. 지지직거리는 잡음과 함께 성가가 스피커에서 울려 나오면 작은언니는 신경질적으로 다이얼을 돌렸다.

거기 교회죠? 저 지긋지긋한 테이프 끌 수 없어요? 저건 음악이 아니라 소음에 불과해요.

작은언니는 전화기를 내던지다시피 내려놓고 문이란 문은 죄 닫아걸었다. 그러나 소용없었다. 하나님의 진리 등대는 더욱 끈질기게 불을 밝혔다. 마침내 작은언니는 헤드폰을 둘러쓰며 나직이

내뱉는 것이었다. 음악도 모르는 무식한 것들, 이라고.

그 작은언니는 지금 어디에 있을까.

아무도 작은언니를 본 사람은 없었다. 어느 날 갑자기 작은언니의 모습이 보이지 않게 되었을 때, 우리는 그저 그런가 보다 했을 뿐이었다. 비단 그 문제가 아니더라도 당시 우리가 안고 있는 문제란 참으로 시급하고도 절실한 것들이어서 작은언니의 잠적에까지 신경이 미치지 못했다고 하는 편이 옳으리라.

어느 사이엔가 계절이 바뀌었다. 입고 있던 차림으로 집을 나간 작은언니에게서는 단 몇 줄의 소식도 날아오지 않았다. 나는, 색싯집에 팔렸어, 몸값을 갚을 때까지는 내 맘대로 돌아갈 수 없어, 라는 편지조차도 반가울 것 같았다. 그렇게 마음먹자 정말 작은언니가 더럽고 퀴퀴한 역 주변 뒷골목을 서성이며 지나가는 사내의 소매를 붙들고, 쉬었다 가요, 잘해 드릴게요, 은밀하게 속삭일지도 모른다는 착각에 사로잡혔다. 나는 내 부적절한 상상력에 몰래 낯을 붉혔다. 어쨌거나 작은언니는 그해가 가도록 돌아오지 않았다.

그 무렵 엄마와 나만의 연금이나 다름없는 생활이 시작되고 있었다. 아직 우리 소유로 남아 있던 그 집에서 내가 할 수 있는 것은 오직 기다리는 일이었다. 누군가를, 혹은 누군가가 가지고 올 희망의 메시지를.

밤이면 나는 천근만근의 무게로 가라앉는 적요를 걷어 내기 위해 아래위층을 쿵쾅쿵쾅 오르내리며 커튼을 젖히고 이중의 견고한 창문들을 열었다. 밀려 들어오는 선뜩한 공기에 뜬금없이 눈물이 핑그르 돌았다. 그러면 나는 조금 전까지와는 다른 것들을 마음속으로 주문했다. 모든 것이 그대로 끝이 나기를, 어서 엄마의 죽음이 찾아들기를.

이따금 유성이 긴 꼬리를 그리며 사라지면, 나는 불온한 기대를 가지고 엄마가 누워 있는 방문을 열어 보곤 했다. 엄마는 대부분의 시간 가래 끓는 소리를 내며 잠들어 있었다. 퇴원을 해 집으로 돌아온 엄마는 그렇게 밤낮을 가리지 않고 잠을 잤다. 나는 수시로 엄마의 엉덩이 밑으로 손을 넣었다. 축축했다. 아랫도리가 벗겨진 엄마는 수치심을 거세당한 암컷에 불과했다. 속옷을 갈아입히고 이불을 다독거렸다. 그러고 나서는 엄마의 곁에 나란히 누웠다. 귓속으로 눈물이 흘러들었다.

지난날을 회상할 때마다 곤혹스러움을 느낀다. 그것은 미처 정리되지 못한 감정이 세월의 강 저 밑바닥에 앙금으로 가라앉아 있다가 푸른 강물을 휘저어 흐려 놓기 때문은 아니다. 지난날 내 주변에서 일어났던 모든 일들이 언젠가부터 전생의 연(緣)으로 이해되면서 그 되새김의 작업에 무리가 생긴 것이다. 이를테면 순서의 뒤죽박죽이랄까. 필시 그 모든 사태가 명확히 일련의 순서대로 진행되어 왔음에도 불구하고 이제 나는 그것들을 제대로 배열하기까지 한참의 시간이 걸린다. 내 기억 속의 과거가 제각기 독립된 기승전결을 가지고 여러 장(章)으로 분리되어 버린 까닭이다.

딩동, 딩동. 큰언니인가. 현관으로 가서 렌즈에 눈을 댄다. 큰언니의 얼굴이 풍선처럼 부풀어서 다가온다. 문을 열자, 큰언니는 내게 일별을 주는 둥 마는 둥 아이의 손목을 우악스럽게 잡아끈다. 아이는 잔뜩 주눅이 들어 있다.

"엄마 망신시키고 다니는 놈이야, 이놈은."

아이가 그예 울음을 터뜨린다.

"뚝 그치지 못해! 뭘 잘했다고."

큰언니는 아이의 샌들 끈을 벗기다 말고 아이를 윽박지른다. 아이는 내게 착 달라붙어 울음을 삭인다.

"또 다른 애들 건드리기만 해 봐. 그땐 그냥 두지 않을 테니까."

큰언니는 연신 아이에게 으름장을 놓고는 내게로 등을 돌려 댄다. 나는 큰언니의 원피스 지퍼를 내려 주고 나이나 키에 비해 좀 가볍다 싶은 조카 녀석을 답삭 안아 올린다. 아이는 내 목에 여린 팔을 칭칭 감으며 재빠르게 속삭인다.

"엄마 밉다."

아이는 내가 제 편이 되어 주리라는 계산이 서는지 좀 더 담대하게 덧붙인다.

"씨팔년."

큰언니는 벌써 욕실로 들어가고 없다. 나는 조금 매운 눈을 하고 아이를 나무란다.

"규언이는 나쁜 애구나. 누가 엄마한테 그런 말 쓴다니?"

"치, 아빠가 엄마 보고 그랬는걸?"

"아빠가?"

"응. 마구 때리기도 했다. 엄마가 막 울면서 아빠한테 대드니까, 그러니까, 아빠가 화가 나서 씨팔년, 그랬다?"

"규언이 우유 마실래?"

아이의 입에서 또 무슨 욕설이 튀어나올까 마음이 쓰여 턱짓으로 우유 잔을 가리킨다. 아이는 그러나 고개를 가로흔든다. 어쩐지 태도가 묘하다 싶던 파출부 아줌마는 다용도실에서 무얼 하는지 기척이 없다.

큰언니가 수건으로 얼굴을 문지르며 욕실에서 나온다. 화장기를 지운 큰언니는 어딘지 뻔뻔스러워 보인다. 아이는 엄마를 보자 피하듯 제 방으로 들어가 버린다.

"웬일이니?"

달갑지 않은 말투다. 자격지심일까. 은연중에 큰언니가 드러내 보인 완강한 거부는 나로 하여금 굴욕과 수치를 느끼게 하고, 동시에 날카로운 적의의 칼끝을 세우게 한다.

안심해. 손 벌리러 온 거 아니니까. 그러나 나는 그렇게 되쏘는 대신 얼굴을 붉힌 채 현관으로 다가설 뿐이다.

"왜 벌써 가게?"

170

미묘한 반감이 전해졌는지 큰언니가 잔뜩 찌푸렸던 미간을 멋쩍게 풀며 우물쭈물 뒤따라 나온다.

"규언이나 보고 갈까 해서 들른 거야. 병원으로 가야 돼."

"병원엔 왜?"

큰언니의 안색이 다시금 굳는다.

"규언아, 이모 간다."

나는 아이가 들으라고 짐짓 목청을 높인다. 아이는 방문 틈새로 고개만 겨우 내민 채 손을 흔든다.

"병원엔 왜 가냐니깐?"

큰언니는 팔짱을 끼며 짜증 섞인 목소리로 다그쳐 묻는다.

"엄마는 좀 어떤지, 식사는 잘 하는지, 그런 질문이 보다 적절하지 않겠어?"

"애 좀 봐?"

"별거 아냐. 엄마 상태가 좋지 않은 것 같기에 걱정이 돼서 엊그제 전화했더랬어. 그랬더니 약 가져가라고 하더라. 형부가 말 안 해?"

"흥, 그 인간, 지 새끼도 안중에 없어."

큰언니의 입술이 파르르 떨린다.

"그만 갈게."

큰언니의 넋두리를 사양코자 나는 얼른 손잡이를 비튼다. 그러나 큰언니는 숙련된 낚시꾼처럼 결코 서두르지 않고 한마디 단호하게 덧붙임으로써 내 덜미를 낚아채는 데 성공한다.

"그 연놈들을 고소하겠어."

5

안개 같다. 자취 없이 흩어지는 푸르스름한 담배 연기. 내 의식
도 몽롱하게 풀리는 듯하다. 큰언니는 손가락 끝까지 바짝 타들어
간 꽁초를 지그시 눌러 끄고 새 담배를 뽑아 문다. 큰언니의 그런
모습을 오랜만에 본다.

담배는 왜 피워?

식구들 모르게 담배 심부름을 다니던 내가 물었을 때 큰언니는
입술을 동그랗게 말아 연기를 길게 뽑아내고 말했다.

멋있잖니.

어지럽지 않아?

담뱃갑을 만지작거리며 묻자 큰언니는 이 빠진 접시에 재를 탁
털며 피우던 담배를 내밀었다.

너도 한번 피워 보련?

얼결에 큰언니가 내민 담배를 받아 들었다. 어지럽게 흩어지는
연기에 정신이 아뜩해져서 한 모금 들이쉬기도 전에 목이 따갑도
록 기침을 해 댔다. 큰언니는 내 등을 쳐 주며 흐흐 웃었다.

처음엔 누구나 다 그래.

큰언니는 선임자답게 턱을 치켜들고 말했다.

172

물론 나는 큰언니나 큰언니의 친구들이 방문을 안으로 걸어 잠그고 모락모락 연기를 뿜어낸다는 사실을 누구에게도 발설하지 않았다. 큰언니는 친구들이 돌아갈 때면 으레 나를 불러 방 안 자욱한 연기를 갈도록 은밀히 당부하고는 그들을 따라나섰다. 나는 큰언니의 비밀을 나눠 갖는다는 데 대한 기꺼움으로 그 일을 즐겼다.

　"어쩔 참이야?"

　"어쩌긴, 끝장을 봐야지."

　큰언니의 대답은 수월하다. 말과는 달리 기실은 끝장을 볼 생각이 없는 건 아닐까, 괜한 강짜를 부려 보는 게 아닐까, 싶다.

　"규언인?"

　"짐승만도 못한 인간에게 앨 맡길 순 없지."

　"놔주기나 한대? 시아버지, 시어머니, 시누이, 시동생…… 첩첩 인맥이야. 누가 제 핏줄 쉽게 놓으려고 하겠어?"

　"안 내놓으면, 지들이 안 내놓으면? 내 배 앓아서 내가 낳은 내 자식이야."

　"형부 애이기도 하지."

　"애들에겐 엄마가 필요해."

　"아버지도 필요하고."

　"넌 도대체 누구 편이니?"

　마침내 큰언니가 버럭 고함을 지른다.

"누구 편이냐고? 맙소사. 이건 부부 싸움이 아니라 숫제 패싸움이네. 애가 무슨 탁구공이야? 뺏고 빼앗아서 어쩌자는 건데? 형부는 그렇다 치고, 언니라도 좀 어른답게 처신할 수 없겠어?"

"말 다했니?"

"한마디만 더할게. 언니도 그리 큰소리 칠 입장 아니잖아? 이 기회에 깨끗이 인정하는 솔직함도 발휘해 보지 그래?"

큰언니는 하얗게 질려 가쁜 숨을 몰아쉰다. 나 자신도 놀라울 수밖에 없는 이 가학 성향은 어디서부터 비롯된 것일까. 이 돌발적인 선제공격은 과연 큰언니에 대한 평소의 악감 때문일까. 아니다. 그게 아니다. 나는 알고 있었다. 어느 한 부분에 관한 한, 나의 과거에 분명히 존재했을 어느 한 인물에 관한 한, 내 기억이 완전하게 백지인 채로 남아 있는 이유를.

"나가! 썩 나가! 이 나쁜 계집애."

"그러잖아도 가려던 참이야. 하지만 그전에 한 가지 물어볼 게 있어."

나는 입속에서 가만히 아, 버, 지, 하고 혀를 굴려 본다. 여태 나는 내 아버지를 지칭하기 위해 아, 버, 지, 라고 발음해 본 적이 없다. 내게 있어 아버지란 보통 명사에 불과했고, 세 음절의 무관계한 단어일 뿐이었으므로, 그것을 연습 없이 발음한다는 것은 불가능한 일에 속한다.

"아버지를 기억해?"

아버지, 라는 어휘를 입 밖에 내보내고 나자 그리움보다는 생경함이 먼저다. 담배를 꼬나 쥔 큰언니의 손이 눈에 띄게 떨린다.

"아버지도…… 외도를 했어."

"그래도 아버진 아버지지. 이담에 규언이가 커서, 우리 아버진 간호사와 놀아났다고, 그래서 엄마랑 갈라섰다고 말하게 만들 거야?"

"난 엄마를 이해해."

"난 아버지가 떠오를 때마다 엄마가 밉더라. 아버지가 옳았다는 건 아니지만, 엄마도 결코 현명했던 건 아냐."

큰언니의 질린 표정을 외면하고 아파트를 나선다. 그러고는 언제나처럼 부질없는 결심을 되풀이한다. 정말이지, 내 다시는 여길 오나 봐라.

햇빛 속으로 걸어 들어간다. 아찔한 현기증을 느낀다. 비 갠 후의 햇살은 더욱 투명하다. 오늘 밤 나는 점묘화의 붓자국처럼 수많은 꽃을 피우리라. 해바라기를 한 날이면 으레 돋아나는 꽃잎들. 자외선 알레르기로 일종의 과민 반응일 뿐이지만.

돼지고기를 먹으면 꼭 복통을 일으켜요, 라고 뻐길 때처럼 나는 얼마나 깨꽃 잔잔히 박힌 팔뚝을 아무에게나 디밀고 싶어 했던가. 보세요. 난 특이한 체질이에요. 볕 아래에서는, 특별히 보호받아야 해요. 얼마나 근사한 운명이에요? 나는 그렇게 말하고 싶어 혓바닥이 근질거릴 지경이었다. 평범하다는 건 죽기보다 싫은, 특징 아닌 특징이었으니까. 타인의 뇌리에 강렬한 인상을 심어 주지 못하는 자신의 평범함을 수없이 확인해 온 터였으니까.

철이 들면서 나는 남의 눈에 띄기 위해 거의 결사적인 노력을 기울였다. 담임선생의 눈에 들고자 밤을 새워 공부를 하던 초등학교 시절부터, 님은 갔습니다, 아아 사랑하는 나의 님은 갔습니다…… 뜻도 모르는 시구를 절절이 외던 사춘기를 거쳐 대학 입시를 목전에 두기까지. 그렇더라도 앞가르마를 타서 커튼처럼 축 늘어뜨리는 다소 불량기 있어 뵈는 단발머리를 시도한다거나, 교복 치마의 품과 길이를 은근슬쩍 줄인다거나, 목덜미에 파스를 붙이고 등교할 용기까지는 차마 생겨 주지 않았다.

그러다 어느 해 여름인가 검버섯 피듯 점점이 뿌려진 주근깨를 발견했을 때, 그리하여 그것이 직사광선을 쬠으로써 일시적으로 일어나는 현상이라는 진단을 받았을 때, 나는 기뻤다. 창을 닫아 주세요. 햇볕이 들어오지 않게. 잘 모르시겠지만 내 피부는 민감해서 빛을 이겨 내지 못한답니다. 노출된 부위에 작란반(雀卵斑)이 생기거든요. 부신 듯 눈살을 모으고 낯선 이들에게 들리지 않을 말을 속삭이곤 했다.

해를 피해 그늘로 걷는다. 식물로 치면 나는 양치류에 속할 것이다. 습하고 응달진 대지에 뿌리를 내린 나는 과연 내가 바라는 방향으로 포자를 날릴 수 있을 것인가.

병원은 언니네서 그리 멀지 않은 곳에 있다. 가능한 한 천천히 걷는다. 너무 오래 방을 비워 두는 것이 아닐까 염려되었으나 형부와의 쑥스러운 대면을 재촉하고 싶지는 않다.

친정이 망하니까 남편이란 작자도 깔보는 거야. 그전 같았으면 어디 있을 법한 일이기나 해?

큰언니는 형부의 외도가 친정의 몰락에서 기인한다고 믿고 있는 걸까. 정작 형부보다 병석의 엄마를 원망하는 큰언니에게 나는 분명히 말했어야 했다. 결정은 큰언니가 내렸지, 엄마가 등을 밀진 않았어, 라고. 양손에 떡을 쥐고 자, 어느 쪽이 더 먹음직스러울까 저울질하던 언니가 마침내 택한 상대는, 언니다웠다고나 할까. 우리가 예견했던 대로였다.

큰언니는 칼로 베듯 매정하게 한 남자에게서 돌아섰다. 큰언니에게 중요한 것은 허영심을 충족시켜 줄 신랑감이었지, 대학 4년 내내 들뜬 듯 취한 듯 어울려 지내던 이전 남자와의 미래 없는 만남은 결코 아니었다. 큰언니는 그 남자에게 등을 돌려 보임과 동시에 4년이라는 시간 또한 깡그리 잊었다. 나는 큰언니의 뛰어난 적응력에 경탄했고, 작은언니는 단 한 마디로 그런 큰언니를 경멸했다. 속물. 그 음성은 나직했으나 불에 벼린 삭도(削刀)처럼 매서웠다.

무엇이 두려웠던 것일까. 졸업을 앞두고 큰언니는 서둘러 예식을 올렸다. 염려와 달리 그 남자는 식장에 나타나지 않았다. 큰언니로선 오히려 서운했을지 모르겠다.

나는 딱 한 번 그 남자를 보았다. 아니, 내가 본 것은 그 남자의 뒷모습에 불과했다. 그 남자는 언니의 화구(畵具)를 대신 들고 걸었고, 큰언니는 그 남자의 어깨에 닿을 듯 말 듯 고개를 기울이고 있었다. 나는 20미터쯤 간격을 두고 뒤따라 걸으면서 아는 체를 해야 옳을지 못 본 체 그들을 스쳐 지나가야 옳을지 한참을 주춤거렸다. 결국 오던 길을 되돌아 집과는 반대 방향으로 걷고 말았지만.

애써 걸음을 늦추고 보폭을 줄여도 병원은 지척이다. 숨찰 까닭이 없는데도 길 한옆에 멈춰 서서 공연히 숨 고르는 시늉을 한다. 명치끝이 맺힌 듯 아프다. 큰언니의 남자에 대한 기억의 연장선상에는 작은언니가 있다.

지금 작은언니는 어디서 무얼 하고 있을까.

피아노 앞에 앉아 마냥 먼산바라기를 하던 작은언니가 갑자기 팔꿈치로 건반을 쾅 내리찍으며 울음을 터뜨렸을 때, 나는 며칠 남지 않은 입학시험으로 신경이 날카로워졌기 때문이라고 생각했다. 그때 나는 큰언니가 쓰던 방으로 내 소지품들을 옮기는 중이었다.

다 끝났어.

작은언니는 울음 끝에 힘없이 중얼거렸다.

언니도 참, 아직 시험도 치르지 않았잖아.

딴에는 작은언니를 위로한답시고 한 말이었다.

돌아오지 않을 거라고 했어.

동문서답, 작은언니의 눈동자에 깊은 우물이 패였다.

돌아오지 않는다니, 누가?

그러자 작은언니는 입을 다물어 버리고 말았다. 그날의 동문서답과 침묵의 이유를 알게 된 건 우연이었다. 겨울 방학이 거의 끝나 갈 무렵이었다. 집에는 나 말고 아무도 없었다. 커다란 유리문을 통해 오후 한때의 햇살이 쏟아져 들어왔다. 나는 소파에 길게 드러누워 벌써 여러 잔째 홍차를 비워 내고 있었다. 전화벨이 울렸고 반사적으로 팔을 뻗었다.

여보세요?

한 손으로 게으르게 책장을 넘기며 램프의 유리 심지를 돋우듯 칼칼하게 잠긴 목청을 한층 돋우었다. 전화기 저쪽의 남자가 다짜고짜 말했다.

승주구나. 나, 재완이다.

아! 나는 하마터면 찻잔을 떨어뜨릴 뻔하였다. 아니에요. 작은언닌 외출했어요. 마땅히 그렇게 정정해 주었어야 옳았다. 하지만 입 밖으로 튀어나온 말은 웬일이세요, 였다. 부우. 전화선을 타고 낮고 둥근 뱃고동이 흘러나왔다.

먼젓번엔 내가 너무 격해 있어서 승주한테 부담이 되었을 거야.

나는 마른침을 꼴깍 삼켰다.

승선하려던 참이야. 얼마나 걸릴진 모르지만 만약 돌아오게 되면…….

부우……. 뱃고동이 그의 다음 말을 잘라먹었다. 무거운 침묵이 가로놓였다. 나는 단 한 번 보았을 뿐인 그 남자의 뒷모습을 떠올렸다. 짙은 감청색 제복, 곧은 걸음걸이, 그리고 제복 소매에 둘러진 세 개의 흰 띠. 그러니까 당시 그는 해양대학교 3학년이었다. 해양대학교는 이 도시의 끝에 있었다.

언니에게 내가 행복하길 바란다 하더라고…… 아니 그만둬라. 전하지 않는 게 좋겠다. 듣고 있니?

네.

나는 짤막하게 대꾸했다.

웃고 싶으면 웃어도 좋다.

왜 그렇게 생각하세요?

나는 좀 더 담대해졌다.

왜냐고? 아무래도 신파 같다는 느낌이 들지 않니, 승주 넌?

그땐 어쩌자고 작은언니 행세를 했는지 모르겠다. 아무튼, 안녕이라고 했던가. 나는 그의 마지막 말을 들을 수 없었다. 이번에는 약속된 만큼의 통화가 곧 끝나리라는 기계의 신호음에 그의 말이 먹혀 버렸기 때문이었다.

병원 현관문을 밀치며 들어서는 순간, 나는 기류의 미세한 변동을 감지한다. 접수부 반원 창구 너머 박 간호사의 움찔 놀라는 표정이 무엇보다 정직한 바로미터다.

"오랜만이네요."

선수를 치듯 내 쪽에서 먼저 인사를 건네고 눈짓으로는 원장실을 가리킨다.

"계시죠?"

"아, 네…… 지금 진찰 중이시거든요. 잠깐만 기다리세요. 금방 끝날 거예요."

나는 제약 회사 로고와 항생제 계통의 약명이 새겨진 나무 의자에 걸터앉는다. 잡지꽂이엔 몇 권의 신간 잡지가 꽂혀 있고 ㄱ자로 배치된 두 개의 의자 모서리에는 옷걸이와 재떨이가 세워져 있다.

여성지를 한 권 빼 들다 마침 복도를 걸어 나오던 유 간호사와 눈이 마주친다. 일순, 그녀의 안색이 딱딱하게 굳는다. 그녀는 휙 몸을 돌리더니 도로 안으로 사라진다. 나는 멀어져 가는 그녀의 목덜미에 눈길을 준다. 틀어 올리고 남은 머리카락 몇 올이 부드럽게 목덜미를 감싸고 있다. 박 간호사는 불안한 듯 양쪽 눈치를 번갈아 살피다가 읽고 있던 책으로 시선을 박는다.

그년을 내보내지 않음 내가 나가겠다고 바락바락 대들었지. 그랬더니 뭐라는 줄 아니? 눈이 뒤집혀도 단단히 뒤집혔지. 애새낀 두고 나만 나가라는 거야.

큰언니는 거푸 담배를 빨았다.

확실한 거야?

앤 여태 뭘 들었어?

믿기지 않아서 그래.

글쎄 나만 모르고 있었더라니까. 그년이 아예 드러내 놓고 온갖 잔시중 다 드니까 심지어는 환자들까지도, 사모님 되시는 모양이죠, 하고 묻더라나. 그래, 고년은 가타부타 말 한마디 고치는 법 없이 방실 웃고 말더래. 썩을 년. 고년은 그렇다 치고 네 형분 또 무슨 심산지 모르겠다. 난 그런 꼴 못 봐. 죽었음 죽었지 분해서 못 산다구. 그것도 모르고 병원에 들를 적마다, 애쓰지, 고생 많지, 해가며 음료수다 과일이다 사다 안겼으니…… 그년, 속으로 날 얼마나 비웃었을까.

"여어, 처제가 웬일이야?"

과장된 반가움이 되레 어색하다. 형부는 내 방문의 성격을 파악하려는 듯 사냥개처럼 코를 킁킁댄다.

"자, 들어가지."

전에 없이 달짝지근한 콧김을 내뿜으며 은근하게 속삭이기까지? 무엇인가 약점을 잡히지 않으려는 위장술이 분명하다. 어깨에 얹힌 형부의 손을 떼어 내는 것으로 나는 형부에 대한 저항을 넌지시 암시한다. 그러나 형부는 전혀 개의치 않음으로써 내 반감을 묵살한다.

"어머님은 좀 어떠신가?"

"그렇죠, 뭐."

"혼자 계시게 해도 괜찮은 모양이지?"

"할 수 없잖아요. 봐줄 사람이 있는 것도 아니고. 밖에서 문을 걸어 두는 수밖에요."

"큰 처제라도 있어 주면 좀 좋아?"

"없는 사람 아쉬워하면 뭘 해요. 가까이 있는 사람도 얼굴 한번 내밀지 않던데요."

"허어, 그런가?"

형부는 무안함을 덜려는 듯 담배를 붙여 문다. 청동으로 뜬 히포크라테스 두상(頭像)이 창틀 상단에 걸려 있다.

"가 뵌다, 뵌다 하면서도 매인 몸이라 쉽지가 않군."

흥. 나는 내심 코웃음을 친다.

"변은 좀 어때? 누워서 보시나?"

"관장을 시켜 드려요. 2, 3일에 한 번쯤. 그보다 소변이 좋지 않은 것 같아서요. 잦고 붉은 기가 돌아요."

"만성이라 약을 드셔도 별 효험은 못 볼 거야."

처방전을 끼적이는 형부의 손은 무척 사무적이다. 형부에게도 36.5도의 온기라는 게 있을까. 송곳으로 그의 심장 부근을 찌르면 분수처럼 더운피가 뿜어져 나올까. 비단 형부가 아니더라도 의료진을 대할 때마다 그것이 궁금했다.

엄마는 대학 병원 중환자실에 오래 입원해 있었다. 혈관에 주사

바늘을 꽂아야 할 때마다 엄마의 침상 주위로 매번 작은 소란이 일었다. 여러 명의 간호사가 차례로 달려들었다. 어느 날은 내과 레지던트가 불려 왔다. 이마에 송골송골 맺힌 땀방울을 가운 소맷자락으로 씻어 내면서 그도 시행착오를 거듭했다. 엄마는 의식이 없는 와중에도 바늘이 살갗을 파고들 때마다 경련을 일으켰다. 거꾸로 매달린 링거 병이 위험스레 흔들렸다. 외면하듯 창 쪽으로 고개를 돌리면 도시의 끝과 섬을 잇는 교각이 보였다. 엄마의 혈맥은 어디로 숨어 버린 것일까. 레지던트의 관자놀이에 푸른 태양혈이 불끈 돋았다. 마침내 그는 엄마의 발등에 바늘을 꽂고 의기양양한 웃음을 지었다. 똑, 똑, 똑…… 나는 엄마의 의식의 문을 두드리는 음향을 환청으로 들었다. 아, 엄마. 이제 그만 잠을 깨요.

"이거, 갖고 있다가 더 필요하면 약국에 가서 조제해 달라고 해. 일단 2주일 치만 지어 줄 테니."

처방전은 휘갈겨 쓴 몇 개의 영문 단어로 채워져 있다. 나는 종이쪽지를 접어 주머니에 쑤셔 넣는다. 형부는 인터폰을 들었다가 도로 내려놓고 자리에서 일어선다.

"잠깐 기다려."

벽시계를 올려다본다. 5시가 가까워지고 있다. 저녁을 짓자면 서둘러 돌아가야 한다. 여고 동창을 만나거나 영화를 관람하는 일 따위는 꿈도 꾸지 못한다.

엄마와의 생활이 시작되면서 나는 철저히 외부와 단절되었다.

내 나이에 어울리는 생기와 호기심은 우리의 생활을 위협하는 저해 요소가 될 뿐이었다. 나는 내가 속해 있던 세계로부터 조금씩 발을 뺐다. 참석이 뜸해지면서 자연 동아리 회원들과도 소원해졌다. 내겐 과 동기들과 어울려 잡담을 나누거나 차 한 잔 마실 여유가 허용되지 않았다.

이젠 아무도 내 존재를 기억해 주지 않아. 그러나 내 넋두리에 친절히 응대해 줄 친구조차 남아 있지 않다. 엄마는 엄마대로, 나는 나대로, 톱니 수 다른 바퀴를 제각기 굴리면서 끊임없는 독백만 되풀이할 따름이다. 누가 날 좀 구해 줘. 우물은 깊고 깊어서 아무리 발돋움해도 닿지가 않아.

"왜, 닥터 송 있잖아?"

조제실로 갔던 형부가 들어오며 뜬금없이 던지는 말이다. 불룩한 약봉지를 건네는 형부의 눈빛이 야비한 광채를 발한다. 약을 받아 들기 위해 내민 손이 허공에서 잠시 멈칫한다. 조제를 하면서 겨우 그 화제를 마련했을까. 나는 손을 거둬들이며, 의도가 뭐예요, 라는 눈으로 형부를 마주 본다.

"개업했다더군, 지난주에."

"잘 됐군요."

언젠가도 이 비슷한 대화를 나눈 적이 있다. "결혼했다더군, 지난달에." "잘 됐군요. 축하한다고 전해 주세요." 빤히 속 들여다보이는 대화가 꽤나 유쾌한지 그때도 형부는 빙글빙글 웃는 얼굴이었다.

"처제 안불 묻더라고. 뭐라겠어, 그냥 잘 지낸다고 했지."

"그친 아직도 베토벤을 흠모한대요?"

"베토벤? 글쎄, 뽕짝이라면 두루 꿰고 있지."

나는 그만 웃음을 터뜨리고 만다. 형부의 의아해하는 표정을 보자 웃음은 더욱 기세 좋게 뻗어 나간다. 베토벤을 좋아합니다. 팝송은 어딘지 경박스러운 느낌을 주더군요. 형부는 영문도 모르고 따라 웃는다. 아마 자신의 외도를 내가 아직 모르고 있다고 생각하는지 처음과는 달리 한결 긴장이 풀어진 낯빛이다.

"근데, 갈라설 작정이세요?"

나는 허를 찌른다. 형부는 경사가 급한 감정의 원추 곡선을 그린다. 오이 꽁지라도 씹은 듯 형부의 안면 근육이 처참하게 구겨지고 실추된 위신을 바로 세우기 위해 자세를 바꾸며 헛기침을 해 댄다.

"무슨 소릴 듣고 온 모양이군."

적잖이 불쾌한 음성이다.

"내게 신경 쓸 거 없어요. 부부도 돌아누우면 남이라는데 하물며 처제 자리야 무에 대수로울 게 있겠어요. 죽일 놈 살릴 놈 멱살 쥐어흔들며 날뛸 장모 자리야 뀌다 논 보릿자루만도 못한 신세겠다, 이렇다 하게 내세울 만큼 변변한 처가붙이 일가권속이 있는 것도 아니겠다, 어디 한 가닥이라도 거치적거릴 게 있어야 말이죠."

나는 다소 연극적인 기분마저 들어 나오는 대로 제꺽제꺽 주워섬긴다.

"인생살이란 게 다 그렇고 그런 거죠. 안 그래요?"

부끄러움도 없이 술술 주제넘은 말들이 꼬리를 물고 풀려나온다.

"처제, 술 마셨나?"

"그래요. 취했어요. 다들 조금씩 미쳐 가는데 나만 어떻게 바른 정신으로 견뎌요?"

발딱 일어서서 문께로 걸어간다.

"형부. 아, 차라리 취직이나 할까 봐요. 술집 같은데."

형부가 가로놓인 책상을 빙 둘러 황망히 따라 나온다.

"걱정 마세요. 엄마가 날 놓아주기 전엔 어림도 없으니까요."

형부의 코끝에서 쾅 소리 나게 문을 닫고 휘청거리며 복도를 빠져나온다.

"이봐, 처제."

문을 하나 사이에 두고 형부가 다급하게 외친다. 그러나 그것으로 끝이다.

아무래도 좋아. 더 튼튼한 그물로 날 옭아매도 좋아. 엄마의 명줄보다 더 질긴 밧줄이 있거든 어디 날 한번 묶어 봐. 손가락으로 눈 가장자리에 번지는 물기를 찍어 낸다. 아이를 앞세운 아낙이 나를 비껴 진료실로 들어간다. 어디선가 변기 물 내리는 소리가 들려온다. 쏴…… 꾸르륵.

손을 씻고 싶다. 흐르는 물에 내 손금을, 피할 수 없는 운명을 지우고 싶다.

6

커브를 돌 때마다 태질이라도 당하듯 이리저리 상체가 쏠린다. 가파른 비탈에 위태로이 뿌리를 내린 소나무 묘목을 좌우로 흔들어 슈아 내듯 신경의 밑동까지 싸그리 뽑아낼 모양이다. 그러자 정녕 자신이 쓸모없는 존재가 된 것 같다. 손잡이를 꽉 거머쥔다. 끈적끈적한 감촉이 손바닥을 통해 온몸으로 전해 온다. 손잡이를 잡을 때마다 얼굴 모르는 무수한 사람들의 손이 떠오른다. 더러는 거칠고 더러는 무심한 손들. 낯선 사람과 길고 긴 악수를 나눈 뒤처럼 지치고 외로워질 때가 또 있을까.

어젯밤 오빠는 흰 장갑을 끼고 있지 않았다. 가늘고 섬약한 손이 불빛에 드러났다. 그것은 오빠가 더 이상 엄마의 구속을 받고 있지 않음을 의미했다. 엄마가 쳐 놓은 울타리를 훌쩍 뛰어넘은 오빠는 이제 푸른 갈기를 휘날리며 달릴 것이다. 고삐 풀린 싱싱한 말처럼.

날 이렇게 만든 건 어머니야.

어쩌면 그럴지도. 오빠는 무엇을 견딜 수 없었던 것일까.

오빠는 거듭 실패했다. 엄마는 오빠의 실패를 실패로 인정하지 않았다. 엄마에게 오빠의 실패는 단지 운이 나빴기 때문으로 받아들여졌다. 거듭되는 실패에도 정작 당사자인 오빠는 태연했다. 좌절이라든가 수치라든가 부수적으로 따르기 마련인 후유증은 오히려 엄마의 몫이었다. 실패로 위장한 배반이 아닐까. 나는 오빠를 의심했다.

이 자식아, 어미 속을 아예 숯검정으로 만들 참이더냐.

엄마는 거짓 고개를 떨어뜨리고 있는 오빠를 붙들고 울었다. 엄마의 통곡은 나를 당혹케 만들었다. 아버지의 유해가 들어오던 날도 울지 않은 엄마가 아니었던가.

그까짓 대학이 뭐 그리 중요합니까? 너무 상심 마세요, 어머니.

오빠의 천연스런 대꾸는 엄마의 부아를 돋울 뿐이었다.

내가, 아비 없는 자식 소리 안 듣게 하려고 얼마나 공을 들였는데, 이 무심하기 짝이 없는 놈.

엄마는 그예 오빠의 상의를 갈기갈기 찢어 놓았다.

이놈의 집구석에 시집와서 서방이란 작자한테 멍들더니 이젠 자식 놈한테까지 괄시를 받는구나.

엄마의 넋두리는 빗나가고 있었다.

아버지를 내쫓은 건 엄마였어. 아버지를 죽인 사람은 바로 엄마였다고.

엄마와 오빠, 그리고 나는 소리 나는 쪽을 향해 고개를 돌림과 동시에 스톱 모션의 마법에 걸린 사람들처럼 한순간 호흡을 멈추었다. 작은언니였다. 노염과 슬픔이 함께 밴 음성이었다. 오빠가 벌떡 일어나서 작은언니를 쳤다.

나쁜 계집애. 그따위 말이 어딨어?

오빠의 하얀 면장갑에 피가 튀었다. 작은언니는 코피를 뚝뚝 흘리며 울부짖었다.

오빠가 뭔데 날 때려? 마지못해 끌려 다니기나 하는 주제에. 그게 효돈 줄 알아? 웃기지 마. 난 다 알아. 아버질 망쳐 놓았듯이 엄만 이제 오빠까지 망쳐 놓을 거야.

잘 길들여진 망아지처럼 오빠는 엄마에게 속해 있었다.

네 아버지를 닮아서는 안 돼. 넌 내 자식이다.

엄마는 오빠를 가두었다. 어떠한 유혹도 엄마가 쳐 놓은 보호막을 투과하진 못했다.

여자애들을 가까이 해선 안 된다. 네 아버진 문란했다. 그 때문에 집을 나갔고 결국엔 죽어서 돌아왔다.

엄마는 오빠에게 최면을 걸었다.

부정한 것은 용서할 수 없다. 불결한 것도 마찬가지다. 더러운 것은 취하지도 만지지도 말아라. 넌 내 아들이다.

효과가 있었다. 실지로 오빠는 더러운 것을 만지기 싫어했다. 오빠는 매일 샤워를 했고 오줌을 누고 나서는 꼭 손을 씻었다. 그리고 언제부터인가 장갑을 끼기 시작했다.

시내 중심가로 접어들자 일단(一團)의 승객들이 내린다. 새로

190

올라탄 승객들이 통로를 비집고 들어와 좌우로 흩어져 자리를 잡는다. 그러고도 버스는 한참을 더 정차해 있다. 정류장은 어시장을 끼고 있어서 도로 주변은 늘 질척거린다. 처음 강하게 후각을 자극하던 비린내도 종내는 무던해진다. 이야말로 역치 현상인 게다.

생물 선생은 수업 중에 자주 빗을 꺼내 몇 올 남지 않은 머리카락을 빗어 넘기곤 했다. 탈모된 면적을 최대한 가리기 위해 왼쪽 귀 언저리의 몇 가닥 머리털을 오른쪽 귓등으로 조심스레 빗어 붙이곤 해서 아이들의 웃음과 동정을 샀다. 생물 선생이 역치 현상의 가장 비근한 예로 든 것이 하필 재래식 변소였다.

늬들, 똥통 타고 앉아 있어 봐라. 첨에는 눈알이 다 시릴 것이다. 자연 두 눈 게슴츠레 찡그리게 될 것이다만, 그 와중에라도 무궁화 꽃이 피었습니다 열 번만 줄창 외고 나면 그까짓 유독 가스는 이미 문제가 아니게 된다. 아침마다 버스에서 마주치는 남학생 생각이 간절해져서 냄새 따위는 까마득히 잊어버릴 테니까. 나는 안다. 요 요 대가리 피도 안 마른 제군들의 망각과 망상을. 어험. 각설하고 그것이 바로 역치 현상이다.

아이들은 책상을 두드리며 깔깔거리고 선생은 또 칸살 촘촘한 빗을 머리로 가져가는 것이었다.

버스는 앞서 정차해 있던 차들이 하나 둘 떠날 때마다 쿨럭이며 잔걸음을 친다. 이윽고 내가 탄 버스도 정류장을 벗어난다. 차가 출발하기 전 허둥지둥 올라탄 남자가 쉰 목소리로 떠들기 시작한다.

"차내에 계신 손님 여러분."

나는 외면한다. 굳이 귀 기울이지 않아도 저 목소리는 계속 외칠 것이다. 제품의 견고함이나 실용성을 증명한다든지, 수출품임에도 현금 유통을 위해 부득불 시중 판매를 단행하오니 이 찬스를 놓치면 자손 삼대 내리 후회의 한이 미칠 것이라든지, 지나는 길에 한번 구경해 보시고 필요하신 분은…… 등등의, 이제는 식상하다 못해 무반응해진 선전 문구들. 남자는 하루에 똑같은 말을 몇 차례나 반복할까? 서른 번? 마흔 번? 버스가 급정거를 한다.

이것 역시 역치 현상의 한 예가 될 법한데. 청각 신경을 피로케 하는 상흔에 대응하는 나의 무감각. 어디 그뿐이랴. 퇴락의 단계를 밟아 오는 동안 당초의 민감했던 신경은 차츰 녹슬고 무디어져서 더 끔찍한 파국을 맞아도 좀체 흔들리지 않을 성싶다. 강인함이라고 해야 옳을까, 면역이라고 해야 옳을까.

"잠시나마 소란을 피운 점, 너그러이 양해하시옵고……."

버스가 움직인다. 나는 손바닥으로 이마를 짚는다. 미열이 있다. 어디쯤일까.

푸른 플라타너스, 가로수의 무성한 잎사귀들이 일제히 술렁인다.

7

굵은 땀방울이 앞가슴 골짜기를 타고 흐른다. 속옷은 이미 척척

하게 달라붙었다. 대문을 들어서기 무섭게 앞섶을 벌름거려 그다지 시원할 것도 없는 바람을 집어넣는다.

"이제 와?"

갓 돌 지난 아이를 들쳐 업은 새댁과 마주친다. 아이의 궁둥이 쯤에서 맞잡은 손아귀에는 접부채가 쥐어져 있다.

"좀 늦었어요. 별일 없죠?"

한집에 사는 사람끼리의 예의로 형식적인 응대를 할 뿐이지만 그녀는 입술을 삐죽 내민다.

"딴 게 별일인가? 환자를 뉘어 놓고 온종일 코빼기도 안 빼는 학생이 별일 났지. 무슨 일이라도 생기면 누굴 잡으려고 그래?"

칭얼대는 아이를 추스르며 볼멘소리를 낸다. 오늘은 또 무슨 변덕일까. 언짢은 속을 감춘다. 그녀에게 등을 보인 채 손대중으로 선반 위의 열쇠를 찾아낸다. 얇고 딱딱한 물체가 손끝에 닿는 순간 나는 직감한다. 그녀를 향해 돌아서서 자꾸 이러는 건 좋지 않아요, 라고 말하고 싶은 것을 꾹 눌러 참는다. 대신 손안에 들어차는 열쇠를 꽉 움켜쥐고 천천히 돌아선다. 내 굳은 표정을 의식했는지 그녀는 황망하고 수선스런 몸짓으로 자리를 뜬다. 불현듯 갈증이 난다.

수도꼭지에 입을 대고 냉수를 들이켜도 목젖 깊숙한 곳에서 훨훨 타오르는 갈증은 쉽사리 가시지 않는다. 소독약 냄새만 입 안 가득 괸다. 손등으로 입가에 흘러내린 물기를 훔치고 열쇠를 자물쇠에 꽂는다.

"오늘은 뭘 하고 지냈어요?"

그러나 엄마는 묵묵히 면벽을 하고 있을 따름이다. 무엇인가 불만이 있어 투정을 부리는 것이다.

"내가 너무 늦어서 그래요? 아님 따로 못마땅한 게 있어요?"

그제야 엄마가 돌아앉는다. 볼이 잔뜩 부어 있다.

"먹을 게 하나도 없다."

엄마에게 남은 것이 있다면 그것은 생리적인 욕구와 기형적 사고에 불과하리라. 엄마가 군림하고 통치했던 소왕국(小王國)은 어디로 사라졌을까. 주위의 만류에도 아랑곳없이 고집스레 확장을 단행했던, 해서 결국은 채무와 지친 육신으로 보상받은 십 수 년. 엄마가 그토록 악착스럽게 거머쥐었던 부와 영예는 누구의 심장을 겨냥한 시위였을까. 아버지의 완벽한 배신이 엄마로 하여금 팽팽히 긴장해 있던 시위를 당기게 한 것인지도 모른다. 엄마가 놓친 화살은 아버지를 꿰뚫고 빗나감 없이 엄마의 이마로 되돌아와 꽂혔다. 피를 쏟으며 엄마는 무너지고, 엄마를 향한 저주도 그 대상을 잃었다.

독한 년. 필시 숨겨 둔 남정네가 있을 것이야. 그렇지 않고서는 저리 매몰차게 굴 까닭이 없지. 네년이 망하는 꼴 보기 전에는 내 절대 눈 못 감는다. 늙은이 말이라고 수월히 여기지 마라.

딸네인 고모 집으로 거처를 옮기면서 할머니는 엄마를 저주했다. 당신 외아들이 객귀가 되어 돌아온 것이 순전히 모진 며느리 탓이라고 차디찬 한을 품은 할머니도 엄마의 종국을 보기 전에 세상을 버렸다.

엄마에게 남자가 있으리라는 할머니의 억측은 진위 여부를 떠나 막연하게나마 신선한 충격을 주었다. 완전주의자요 완벽주의자인 엄마에게도 일말의 불순함이 깃들 수 있다는 상상은 나를 달뜨게 하기에 충분했다. 엄마의 정부는 누구일까. 내 은밀한 즐거움의 하나는 엄마의 정부를 점치는 일이었다.

"곧 상 볼게요."

입은 옷차림 그대로 저녁 찬거리를 다듬는다. 방 안에서는 이따금 천연스런 웃음이 터져 나온다. 엄마는 텔레비전에 매달린다. 화면에 시선을 박고 귀를 모은다. 때로는 훌쩍이기도 하고 때로는 폭소를 터뜨리기도 하면서.

이전의 엄마를 기대한다는 것은 또 다른 갈등을 기대함과 마찬가지임을 잘 알고 있다. 그럼에도 간혹 엄마가 보여 주는 치매한 언행에 낯이 붉어지고 절망감이 엄습한다. 그럴 때마다 나는 나직이 되뇌곤 한다. 지금 엄마는 생애를 통틀어 가장 행복한 시간을 보내고 있다고. 당신이 처한 상황을 이해하지 못하고 분별이 불가능하지만 그렇기 때문에 오히려 불행하다고 말할 수 없다고.

엄마의 쾌유를 바라면서도 다른 한편으로는 많이 두려워했다. 손가락 사이로 허망하게 새어 나가는 한 줌의 물처럼 우리가 지키지 못했던 엄마의 왕국을 두고 어찌 모래톱 속에 파묻힌 유적지일 뿐이라고 말할 수 있겠는가.

밥물이 끓어 넘친다. 뚜껑을 열어 부글부글 이는 거품을 가라앉히면서 적재 용량을 넘어선 내 슬픔의 무게 또한 이렇게 덜어 낼 수 없을까 생각한다. 해는 사위어 푸르스름한 땅거미가 내린다. 텔레비전에서는 감정을 억제한 절도 있는 아나운서의 음성이 내게는 비현실적으로 다가오는 현실에 대해 또박또박 보도하고 있다. 타인들 틈에 부대끼며 살면서 타인들과 유리된 생활이야말로 엄마와 내가 처한 현실인 것을.

"배고프다."

뜸 들이는 동안을 참지 못하고 엄마가 방문을 연다.

"들어가요."

수저를 챙기면서 건성 대꾸한다. 밥상을 안으로 들여놓자마자 엄마가 헤픈 웃음을 흘리며 다가앉는다. 엄마는 거푸 수저를 놀리고, 나는 밥알을 헤아리듯 겨우 몇 술 떠 넣을 뿐 통 입맛이 당기질 않아 상에서 물러앉고 만다.

"천천히 들어요. 체하겠어."

엄마는 씨익 웃으며 상 주위에 흩어진 밥알을 줍는다. 머리카락도 함께 달려 올라온다. 서랍에서 접착용 테이프를 꺼낸다. 요에 테이프를 눌렀다 떼낸다. 보푸라기와 머리카락이 잔뜩 들러붙는다. 테이프로 이부자리를 꼼꼼히 훔치면서 내일은 꼭 이불을 내다

넣어야겠다고 중얼거린다.

"안 먹어?"

엄마는 여느 때처럼 내 밥그릇을 넘보고 있다. 대뇌의 발달이 늦은 아이가 끊임없이 음식을 탐하듯 엄마 역시도 바닥을 보지 않고서는 좀체 수저를 놓으려 하지 않는다.

"들어요. 하지만 담부터는 어림도 없어요."

밥공기를 엄마 앞으로 옮겨 놓으며 덧붙이지만 그 조건을 엄마가 수용했으리라곤 생각지 않는다.

뇌에 이상이 생긴 이후 엄마의 인지 능력은 일회적이며 즉시적인 수준으로 퇴행했다. 기억 장치도 조립이 불가능할 정도로 망가져 결코 지울 수 없는, 혹은 지워져서는 안 될 과거마저도 깨끗이 표백되어 버렸다. 더러 이전의 습관이나 말투가 무의식 밖으로 튀어나와 나를 당혹케도 하지만, 논리 정연하게 지각하는 것은 기적이 아닌 의학적 현실에서는 도저히 기대할 수 없는 일이다.

단순한 기억 상실이 아닙니다. 극히 적은 부분이나마 과거에 겪었던 일들이 잔재해 있기는 합니다만 그것을 뒷받침해 줄 만한 여타의 기억, 즉 시간적 공간적 배경이 지워졌기 때문에 사실상 추론은 힘들다고 봐야겠죠. 뇌일혈로 쓰러지면서 심하게 부딪친 것이 결국 뇌신경을 이중으로 손상시켰다고 하겠습니다.

그때 뇌 수술을 강행했어야 옳았을까. 장담할 수는 없다는 의사의 손에 엄마를 맡겼어야 했을까. 그토록 벗어나고자 했던 엄마로부터 마침내 자유로워질 수 있게 되었을 때 우리는 더욱 튼튼히 죄어드는 올가미를 보았다. 엄마는 전보다 더욱 강력해진 구속력을 가지고 우리를 지배했다. 어떻게 엄마의 생존 자체를 위협하는 수술에 동의할 수 있었겠는가.

그랬다. 어떠한 모습으로든 엄마는 살아 있어야 했다. 엄마는 모드라기풀이었다. 가늘고 질긴 줄기를 내둘러 옴짝달싹 못하게 우릴 휘감는 끈끈이주걱 풀이었다.

"나 잡아 줘. 누울 거야."

엄마는 상을 물리기 무섭게 누울 채비부터 한다.

"바로 누우면 좋지 않대요. 소화가 좀 된 다음에 눕든지 해요."

"다리 아파 죽겠다. 쥐가 꼬집는다."

혈액 순환이 원활치 못한 탓이리라. 엄마는 잠시만 앉아 있어도 쥐가 난다고 했다. 걷는 것은 물론, 혼자 힘으로 눕거나 일어나 앉지도 못하던 시기에는 누군가 24시간 곁에 붙어서 수발을 들어야 했다. 대소변도 누워서 받아 냈다. 병원에서 사용하는 납작한 변기를 둔부 밑으로 집어넣는 일도 다른 사람의 손을 빌렸다. 요의를 느끼고 신호를 해 와서가 아니라 간병하는 쪽에서 적당히 시간을 보아 받쳐 주는 식이었다. 그러니 손끝 하나 까딱하지 못하던 퇴원 당시에 비하면 지금 엄마의 상태는 거의 정상적이라고 해도 과언이 아니다.

"잠들면 안 돼. 이따 산보할 거니까. 알았죠?"

머리 밑에 베개를 끼워 넣으며 다짐을 준다. 엄마는 환한 웃음으로 대답한다. 하루 종일 퀴퀴한 방구석에 갇혀 시간을 파먹어 가는 엄마에게는 저녁 산책이 가장 큰 즐거움이다. 기분이 유쾌해진 엄마가 거슴츠레 풀어지는 눈초리에 힘을 주고 텔레비전 하단의 자막을 소리 내어 읽는다. 우측에서 좌측으로 죽 흘러가는 문자의 띠를 따라잡기 힘든 듯 단어를 띄엄띄엄 건너뛰면서 읽어 간다.

"오늘으은 등 아호옵 삼 분에 싸이 불⋯⋯."

잘라먹고 건너뛰긴 했어도 영 못 알아먹을 정도는 아니다. 탁상시계는 8시를 막 넘기고 있다. 등화관제* 전에 돌아오자면 서둘러야 할 시간이다.

빌어먹을. 나는 엄마가 들을 수 없게 중얼거린다. 잠을 잘 때도 불을 켜 두지 않으면 불안해하는 엄마와 또 한바탕 싸울 수밖에 없질 않은가. 오밤중에도 여러 번 요강을 찾는 엄마로서는 당연한 일이겠지만 그 바람에 나는 도통 잠을 이루지 못한다. 이제 습관이 될 만도 한데 눈이 부시고 신경이 곤두서기는 마찬가지여서 종일 미열과 두통에 시달리는 것이다.

"자, 일어나요. 바람 쐬러 가게요."

"이, 일으켜 줘."

"안 돼, 혼자 힘으로 일어나 버릇해요. 그게 다 운동이 되는 거

---

*등화관제 : 적의 야간 공습 시, 또는 그에 대비하여 일정한 지역에서 등불을 모두 가리거나 끄게 하는 일.

랬잖아요.”

엄마는 몸을 굴려 엎드린 다음 두 팔로 바닥을 짚고 끙 몸을 일으킨다.

“거 봐요. 혼자서도 너끈히 해내면서. 다음부터는 엎드리지 말고 바로 일어나도록 해 봐요. 되도록 허릴 많이 써야 한대요.”

엄마가 앞장서서 문지방을 넘는다. 기우뚱하면서도 용케 넘어지지 않는다. 엄마의 무게 중심은 오른쪽으로 쏠려 있다.

8

엷게 깔린 어둠이 주위를 부드럽게 감싸고 있다. 갓 구워 낸 빵처럼 말랑말랑한 바람의 감촉. 나는 이마로 흘러내리는 머리카락을 쓸어 넘긴다. 엄마는 허청허청 골목을 빠져나간다. 엄마의 몸이 고꾸라질 듯 앞으로 기운다. 더위와 권태에 몰린 동네 여자들이 가게 앞 평상에 엉덩이를 걸친 채 입방아를 찧는다. 안채 새댁도 끼어 있다.

“곧잘 걸으시네.”

가겟집 여자가 알은체를 한다. 엄마는 수줍게 웃으며 뒤뚱거리는 걸음을 멈추고 손바닥으로 이마의 땀을 씻는다. 나는 엄마의 팔을 잡아끈다.

“한나 둘 한나 둘.”

엄마는 소풍 가는 아이처럼 스스로 구령을 붙여 가며 걷는

다. 처음 엄마에게 운동을 시키겠다고 하자 큰언니는 숫제 코
웃음을 쳤다.

젖 먹던 애가 사부작대기 시작해 봐. 어른이 고달파져. 여기저
기 늘어놓질 않나, 죄 뒤집어 망가뜨리질 않나. 기지도 걷지도 못
할 때가 차라리 수월한 법이야. 괜한 짓 말고 포기해.

하긴 틀린 말은 아니었다. 도저히 못 하겠다며 눈물로 애원하는
엄마를 어르고 꼬드겨 막상 무릎걸음이라도 걷게 만들었을 때쯤
큰언니의 만류가 절로 떠올랐으니까. 학교에서 돌아와 보면 큰언
니의 장담대로 방 안은 난장판으로 어질러져 있기 일쑤였고 먹을
것이라곤 부스러기도 남아 있지 않았다.

거 보라니까. 내가 뭐랬어.

큰언니가 핀잔을 주었다.

게다가 걷는다는 건 무리야. 좌반신 마비에다 누워 지낸 지가
벌써 1년인데 관절이라고 굳지 않았겠어? 그리고 만약 걸을 수 있
다고 가정해 보자. 혼자 있을 때 넘어지기라도 하면 어쩌려고 그
래. 아닌 말로 그땐 영락없어. 돌아가신다고. 공연히 두고두고 한
맺힐 일 만들지 마.

"힘들면 쉬엄쉬엄해요."

엄마는 길 한복판에 주춤 서서 오른손을 내젓는다. 잡아 달라는
신호다. 내가 손을 내밀자 엄마는 단박에 전신을 맡겨 온다. 그러
고는 대견한 듯 뒤를 돌아다본다. 엄마에게 잡힌 손이 끈적거린

다. 환자 특유의 식은땀이 피부에 닿을 때마다 기분이 좋지 않다. 살그머니 잡힌 손을 뺀다.

"놀이터까지만 갔다 오기로 해요."

엄마의 산책 코스는 정해져 있다. 버스 정류장을 반환점으로 간 길을 되돌아오는 데 꼭 한 시간이 소요된다. 엄마의 걸음이 더딘 탓도 있지만 힘에 부쳐 중간 중간 쉬었다 걷기 때문이다.

"동민 여러분에게 알립니다. 오늘은 등화관제 훈련이 실시되는 날입니다. 9시 30분에 사이렌이 울리면 일제히 소등해 주십시오. 거듭 안내 말씀드립니다. 오늘은……."

작은언니는 빽빽거리는 잡음과 함께 확성기를 통해 흘러나오는 안내 방송에도 진저리를 쳤다. 지겨워. 정말 못 견디겠어. 짜증과 함께 전축 볼륨을 한껏 올리곤 했다. 산속에 숨어 살려무나. 엄마의 말을 받아 큰언니는, 산속이라고 편안하실까, 요즘엔 절간에서도 녹음기로 염불 왼다는데, 했다.

작은언니가 유난히 소음에 민감했던 건 면역이 결핍된 때문이었을까, 아니면 아집이었을까. 그렇듯, 음악은 나의 전부야, 음악이 없는 생활은 상상할 수 없어, 라고 신파조로 말하기를 즐기던 작은언니가 홀연히 그 모든 것을 버리고 떠났을 때 나는 뒤통수를 세게 얻어맞은 듯 한동안 얼얼했다.

설마, 돌아오겠거니…… 했던 우리의 기다림은 무참히 배반당했다. 뒷걸음치듯 규모를 줄여 온 몇 번의 이사 끝에 작은언니의 잡동사니들도 쓰레기통 속에 처박히거나 불살라졌다. 설령 작은 언니가 돌아온다 하더라도, 그래, 지치고 더럽혀져서 돌아온다 하더라도, 이젠 이전의 작은언니로 돌아갈 순 없으리라.

"후우, 다 왔다."

엄마가 가쁜 숨을 몰아쉰다. 숨을 내쉴 때마다 역겨운 냄새가 풍긴다. 음식 찌꺼기가 부패하는 냄새다. 카악. 목구멍 깊숙이 들러붙은 가래를 끌어올려 뱉는다. 어디선가 아이를 불러들이는 외침이 길게 이어진다. 어둠 속에서 살쾡이처럼 늑목을 기어오르던 한 아이가 모래 위로 풀쩍 뛰어내린다. 아이는 손바닥을 탁탁 털고 신발을 뒤집어 속에 들어간 모래도 털어 낸 다음 주택가 쪽으로 사라진다.

나는 엄마를 이끌어 벤치에 앉힌다. 나뭇결과 옹이를 본뜬 콘크리트 벤치는 차고 딱딱하다. 등화관제를 예고하는 안내 방송이 간헐적으로 계속된다. 놀이터 건너편 전신주에 걸린 외등이 연립 주택 공사장을 훤히 비춘다.

"기억나요, 우리가 살던 집? 그 집 지을 때 엄마가 직접 감독했었잖아. 집 앉힐 자리에 늙은 감나무가 한 그루 버티고 있어서 그걸 베어다 도마를 여럿 만들고. 생나무로 도마를 만든다는 사실이 참 신기하고 재미있고 그랬는데……. 그때만 해도 아주 어렸으니까."

엄마의 눈을 들여다본다. 극히 짧은 순간 동요의 빛이 스치는가 싶더니 어느새 무심하고 어두운 눈빛으로 돌아간다.

"엄만 집을 비우는 날이 잦았어요. 큰언니는 자주 친구들을 불러들였고. 제발, 엄마. 잘 좀 생각해 봐요. 편도선이 부어 학교에도 빠지고 누워 있을 때였는데 엄마가 내 이마에 손을 얹었어. 그리고 말했어요. 이 애, 불덩이 같구나. 아, 그땐 정말 기뻤어. 그 작은 관심의 말 한마디, 어쩌면 당연했을 관심의 손길 한 번에도 감동할 만큼 엄만 항상 바빴으니까. 난 엄말 놓치지 않을 양으로 더욱 끙끙 앓는 소리를 냈었는데, 그거 몰랐었지?"

엄마의 표정이 눈에 띄게 일그러진다. 이제 준비해 둔 말을 꺼낼 때다.

"그날 오빠는 엉망으로 취해 있었어. 차마 맨정신으로는 털어놓을 수 없었던가 봐. 그건 엄마가 이해했어야 해. 오빠는 소심하고 마음이 약하잖아요. 엄마가 그렇게 만들었지. 그래서 못 마시는 술까지 마시고 들어와서 그 얘길 꺼내려는데 엄마는 얘기도 듣기 전에 화부터 냈어. 찬찬히 생각해 보세요. 오빠는 푸른색 줄무늬 와이셔츠에 군청색 양복바지를 입고 있었고, 엄만 무슨 경영자 회의엔가 다녀오는 길이라며 새로 맞춘 원피스 차림이었어. 오빠가 경리부 미스 박과의 관계와 미스 박의 요구를 털어놓자마자 엄마의 손이 대뜸 오빠의 빰을 향해 올라갔어요. 그러고는……. 정말 아무것도 기억 안 나요?"

엄마는 출구가 없는 방에 갇혀 있다. 나는 그 방으로 들어가 엄마를 데려와야 한다. 손톱만 한 크기의 빛이 벽의 가장 얇은 부분을 통과해 어둡고 쓸쓸한 엄마의 방 내벽 어딘가에 꽂히는 순간을 낚아채야 한다. 엄마, 눈을 떠요. 질기디질긴 잠의 뿌리를 걷어 내요. 그러나 엄마는 망각의 결박을 풀지 못한다.

"집에 가자."

엄마는 늘어지게 하품을 하고 나서 약간 혀 짧은 소리로 말한다. 또다시 무위로 돌아간 노력. 맥이 탁 풀린다. 그래도 혹시나 하는 일말의 기대를 가지고 되물어본다.

"어느 집? 어느 집으로 갈까? 잘 생각해 봐요."

엄마는 멀뚱멀뚱 나를 바라볼 뿐이다.

"엄마, 나 누구야?"

얼떨떨해하는 엄마의 어깨를 부여잡고 세차게 흔들어 댄다.

"나 몰라? 진짜 나 몰라? 엄마 막내딸, 승미. 나, 승미잖아요."

"스응, 미……?"

"그래요, 승미."

아슴아슴한 기억을 추려내듯 엄마의 시선이 잠시 허공을 더듬는다.

"한 번 더 불러 봐요. 승미라고, 우리 막내라고……."

"오줌 마렵다. 집에 가자."

번번이 실패를 거듭하면서도 왜 포기하지 못하는 것일까. 엄마가 기억을 되찾는다고 해서 나아질 게 없는데. 오히려 더 나쁜 결과를 초래할지도 모르는데. 그렇다면 이 무슨 무의미한 집착이며 이율배반이란 말인가.

엄마가 힘겹게 몸을 일으킨다. 걸음을 뗄 때마다 발밑의 모래가 서걱거린다. 마치 쥐가 대들보를 갉아먹으면서 내는 소리처럼 들린다. 아니다. 그것은 지나온 시간 속에 존재했던 엄마와 엄마의 성채가 한 치씩 가라앉는 소리다.

최초의 붕괴가 있은 직후에 작은언니가 보여 준 반응은 아주 뜻밖이었다. 도저히 믿기지 않았다.

누구나 죄인이긴 마찬가지야. 오빠뿐 아니라 엄마도, 너도. 모두 그분 앞에 무릎을 꿇어야 해.

높낮이가 없는 음성은 가늘게 떨렸고, 두 눈은 먹이를 발견한 야생 동물처럼 야릇한 광채를 발했다. 구제받아야 할 무리를 접견한 선지자쯤으로 스스로를 착각한 것일까. 작은언니는 엄마의 병상 머리맡에 앉아 찬송가를 불렀다. 주는 저 산 밑에 백합 빛나는 새벽별…….

나는 입술을 깨물었다. 짜고 비릿한 액체가 입 안으로 흘러들었다. 작은언니는 쉼 없이 찬송을 했고 기도를 바쳤다. 말수가 적던 이전의 작은언니가 아니었다. 작은언니의 기도는 새의 지저귐을 연상케 했다. 적어도 작은언니는 즐거워 보였고 확신에 차 있는 듯했다. 지루한 연단(鍊鍛) 끝에 처음 맡은 소임을 수행하는 자의 열의와 뿌듯함이 엿보였다. 공공연히 드러날 정도는 아니었지만 문병객이 찾아오는 것을, 심지어는 담당 의사와 간호사가 드나드는 것조차 경계하는 눈치였다. 작은언니에겐 제물이 필요했고, 엄마는 작은언니를 위해 기꺼이 제물이 된 셈이었다.

엄마의 혼수상태는 몇 날 며칠 계속되었다. 오빠는 미스 박의 요구를 들어줄 수 없게 되었다. 다른 직원들처럼 미스 박도 떠나갔다. 미스 박에게 필요했던 건 돈이었을까, 오빠였을까. 나는 아버지를 생각했다. 아버지처럼 오빠도 엄마를 배신했다. 왜 그런 짓을 했을까. 왜 하필 오빠는 미스 박과 어울렸을까. 큰언니는 벌개져서 말했다.

여우같은 년. 제 분수도 모르고 덤벼들다니, 우리 집 말아먹으려고 작정한 년이야.

오해와 편견과 갈등 끝에 닥친 엄마의 암흑은, 그러나 시작에 불과했다. 쿵쿵쿵쿵. 날마다 내 몸속 비좁은 혈관을 어지러운 북소리가 돌아다녔다. 천 길 절망의 단애*를 곤두박질치는 자신을 보았다. 절망이라든가 슬픔 따위의 추상 명사에도 자로 잴 수 있는 깊이가 있다는 사실이 내 가슴 한 곳을 쥐어뜯었다.

곁가지 나듯 길은 사방으로 뻗는다. 엄마는 자주자주 걸음을 멈춘다.

"어느 쪽이에요, 엄마? 혼자 찾아갈 수 있겠어요?"

*단애 : 낭떠러지.

엄마는 사방을 두리번거리고 나서 자신 있게 직진을 택한다. 파출소에서 길 잃은 엄마를 데려오던 날 이후 의도적으로 곁길을 택하지 않았다. 엄마의 정체된 사고가 어린아이와 흡사하다는 데에 착안했다. 어린아이는 곧게 뻗은 길을 선호한다. 길을 잃고 헤맬 때도 옆길로 새는 법이 드물다. 곧장 앞으로 진행하는 것이다. 심리학 개론 시간에 얻어들은 것이 제법 유용하게 쓰일 때도 있다.

"한나 둘 한나 둘."

청금색 달이 구름을 비집고 말갛게 나타난다. 언제부턴가 앵앵거리는 하루살이의 날갯짓이 귓가에서 떠나지 않는다.

"거의 다 올라왔어. 자, 이번엔 어느 쪽으로 가요?"

엄마는 집 쪽으로 꺾어지는 골목에서 주로 실수를 하곤 했다. 좌우로 터진 샛길을 바라보다 한참 만에 왼쪽으로 몸을 튼다.

"와, 잘했어요. 앞으론 혼자서도 집을 찾겠어요."

대문은 닫혀 있다. 우편함 안으로 손을 집어넣어 빗장에 연결된 줄을 당긴다. 삐익, 비틀리는 소리를 내며 문이 벌어진다. 줄은, 세를 낸 방이 여럿이어서 드나들 때마다 일일이 빗장을 따 주는 번거로움을 피하기 위해 안채에서 설치한 것이다.

벽면을 더듬어 스위치를 올리자 어둠 속에 갇혀 있던 가재도구들이 일제히 떠오른다. 낮고 얼룩진 천장과 스케치북 크기만 한 창문, 늘 널려 있는 이부자리와 윗목의 스테인리스 스틸 요강과 노리끼리한 살비듬 내까지. 엄마는 방으로 들어서자마자 바지를

까 내린다. 나는 형부에게서 받아 온 약과 보리차를 엄마 앞으로 밀어 놓는다. 엄마가 낯을 찌푸리며 도리질을 친다.

"싫어도 들어야 해요. 주무시기 전에."

"난 안 아프다. 하나도 안 아프다."

"오줌을 자주 누잖아요. 눠도 시원하지 않고. 그냥 두면 좋지 않대요."

"그거, 쓰다."

엄마는 바지를 추스르며 어깃장을 놓는다.

"약이니까 쓴 게 당연하죠. 전엔 이보다 더 쓴 것도 꿀꺽 삼키고선, 오늘은 겨우 요걸 갖고 그래요? 괜히 엄살이셔."

부추김에는 엄마도 우쭐해질 수밖에 없는지 마뜩찮은 표정을 거두고 약봉지를 집는다. 엄마가 오만상을 찡그리며 약을 털어 넣는 동안 텔레비전 채널을 맞춘다. 엄마에겐 움직이는 그림이 필요하다. 엄마의 잠든 피를 불러일으키고 화석처럼 단단히 굳은 신경을 꿈틀거리게 할 메신저가 필요하다.

느닷없이 웽, 하고 사이렌이 울린다. 날카로운 호각 소리가 여기저기서 어둠의 살을 찢어 놓는다. 엄마는 갑작스런 소요에 불안해하며 이불을 뒤집어쓴다. 나는 황급히 불을 끈다. 텔레비전의 푸르스름한 빛이 방 안을 비춘다.

"불, 꺼요!"

거칠고 위협적인 남자의 목소리가 창밖 좁은 골목을 뒤흔든다.

"거기, 텔레비전도 꺼요!"

나는 아예 코드를 뽑아 버린다. 일시에 눈앞이 캄캄해지고 거대한 소용돌이에 휘말린 듯 몸을 가누기가 어렵다. 벽에 기댄 채 스르르 주저앉는다.

엄마의 신경 돌기도 나무뿌리 모양을 하고 있을까.

어둠 속에서 문득 그것이 궁금하다.

9

"미싱 일을 해."

작은언니는 치마의 주름을 찬찬히 펴면서 거짓 쾌활한 어조로 말한다.

"술집 여자가 되는 게 나았겠어."

치마를 매만지는 작은언니의 손이 노여움으로 파르르 떨린다.

"난 언니가 눅눅하고 음침한 골방에서 남자와 함께 잠을 잘지도 모른다고 상상했거든."

내게 세상을 향한 위악이 생긴 것이라면, 그건 결코 내 잘못일 수 없다.

"하필…… 고약하게…….."

"언닌 아무 데도 없었으니까."

"보이지 않았지, 없었던 건 아니야."

엄마는 아무것도 모른 채 약하게 코를 골며 잔다. 코를 고는 건 좋지 않은데. 뭐, 어차피 좋지 않은 것투성이지만…….

"처음 얼마 동안은 언니를 찾아다녔어. 그러다 관뒀어. 어쩌면 술래잡기라도 하는 것처럼 세상 어딘가에 숨어서 누가 자신을 찾아내 주지 않나 기다리고 있을지도 모른다 생각하니까 정이 떨어지더라. 얄밉기도 하고."

"내가 왜 그럴 거라고 생각했니?"

"그땐 누구나 마찬가지였으니까. 스스로를 지켜야 했으니까. 아직은 보호받고 있다는 느낌이 필요했을 거니까. 한 사람의 존재 유무가 다른 가족 구성원에게 어떤 영향을 미칠 것인지 확인하고 싶었을 테지. 아냐?"

"틀렸어."

작은언니는 단호하게 부정한다.

"알아. 언닌 다른 말이 하고 싶겠지. 좀 더 거창하게 하나님의 역사가 어떻다든지, 거듭난다든지."

"그래. 난 깨달았어. 내 힘이 얼마나 보잘 것 없는지. 내가 얼마나 어리석은 존잰지."

"적어도 이전의 언닌 그렇게 어리석진 않았어. 하지만 이제는 아냐. 언닌 변했어. 속속들이 달라져서 아주 딴사람이야."

"어떻게 생각하든 상관없어."

작은언니는 더 이상의 답변을 거부한다. 처음 들어서면서부터 다소 서먹서먹한 감정이 가시기까지 충분히 둘러보았을 방 안 풍경으로 다시금 시선을 돌린다.

등화관제 훈련이 끝나고 얼마 지나지 않아서였다. 가볍게 창문
두드리는 소리가 들렸다. 야음을 틈타 적진을 뚫은 척후병의 은밀
한 신호처럼 어딘지 주저하는 기색이 깔린 음향이었다. 누구일까.
몇몇 얼굴들을 차례로 떠올렸다. 누가 찾아오기에는 너무 늦은 시
각이었다.

톡톡톡.

한 번 더 유리창이 흔들렸다. 나는 창께로 다가갔다. 그럴 이유
가 없는데도 제풀에 목소리를 낮췄다.

누구세요?

녹이 슬어 여닫기가 간단치 않은 창문을 간신히 밀어젖히고 조
심스럽게 목을 뽑았다. 작은 그림자 하나가 담벼락에 바짝 붙어서
있었다. 그때까지만 해도 나는 그 그림자의 주인을 알아보지 못했
다. 그림자가 천천히 고개를 들어 희미한 불빛에 자신을 드러내
보였다. 아, 나는 내 눈을 의심했다. 거기에는, 뜻밖에도 다시는 돌
아오지 않으리라 여겼던 작은언니가 주위의 어둠보다 더 짙은 어
둠을 만들며 서 있었으므로.

"어떻게 지냈는지 물어봐도 돼?"

작은언니의 구질구질한 형색이 뒤늦게 눈에 들어온다. 저런 지

212

독한 불협화음이라니. 잘못 재단된 남방셔츠와 빨간색 모직 스커트가 작은언니의 생활을 더욱 짐작할 수 없게 만든다.

"지내는 덴 불편이 없어. 모두들 잘 대해 주니까."

"모두들, 이라구? 대체……."

"자매들과 같이 생활해. 그들에겐 내가 더부살이인 셈이지."

"같이 있는 사람들도 죄 미싱 일을 해?"

발밑에 어지럽게 굴러다니는 실밥과 먼지 뭉치, 들들들들 쉴 새 없이 돌아가는 재봉틀 소리. 귀가 먹먹해지는 작업장에서 작은언니는 과연 무엇을 찾았으며, 무엇을 얻었다는 것일까.

"그렇지 않아. 신학교에 다니는 자매도 있고, 피혁 공장에서 가죽 마르는 일을 하는 자매도 있고. 은행에 다니는 자매도 있는데, 그 자매는 나랑 동갑이야."

"그들도 전부 집을 나왔어? 언니처럼?"

작은언니는 피하는 듯 시계를 들여다본다. 이 방에 들어선 뒤로 벌써 여러 번째다. 나갈 구실을 찾기만 하면 당장이라도 일어설 기세여서 바라보는 내 쪽이 되레 불안할 지경이다.

"그 사람들…… 집에서 찾지 않아?"

"그건 중요하지 않아. 우린 하나님께 서약한 바대로 살아가고자 노력할 뿐이야."

"대체 뭘 서약했는데? 천국? 일신의 안위?"

얼마든지 떠들어라. 비난 따위에 흔들리는 믿음이 아니다…….

작은언니의 입가에 살포시 얹힌 냉소가 그렇게 말하고 있다.

작은언니는 완고한 무신론자였다. 종교 집단이 다투어 내세우는 지고 지선(至高至善)이야말로 인간 정신을 속박하기 위한 교활한 수단이라는 게 작은언니의 종교관이었다. 작은언니는 가소롭다는 듯 선언했다.

난 나를 믿어. 나 이외의 누구도 믿지 않아. 신앙이란 허약한 정신을 눈가림하기 위한 방패에 불과해.

작은언니는 지나치게 오만했다. 그 오만함이 오히려 빌미가 되었다. 짐작이나 했을까. 그토록 비웃어 대던 종교가 자신의 발목에 원죄의 족쇄를 채우게 되리라는 것을.

논문을 쓰려고 해. 종교 음악에 대해서. 우선 기독교부터 시작하겠어.

작은언니는 자신만만했다. 우선 날카로운 발톱을 감추고 교회에 나가기 시작했다. 물론 작은언니는 부정적인 시각으로 종교 음악을 조명해 볼 작정이었을 것이다.

"난 언니가 교회에 빠지리라곤 생각 못 했어. 어느 때부턴가 언니의 태도가 달라졌다고 느꼈을 때도 설마, 했어."

"알아. 첨엔 나 자신도 당황했으니까. 차츰 나의, 아니 우리의 생활 방식이 얼마나 무질서하고 우리의 정신이 얼마나 타락했는

지 깨우치기 시작하면서부터 모든 것이 달라졌어. 놀라운 체험이
었어."

긴장해 있던 작은언니의 눈초리가 몽롱하게 풀어진다.

"내게는 단순히 놀라운 변화였을 뿐이야."

그랬다. 그것은 놀라운 변화였고 예측 못한 변절이었다. 작은언
니를 향한 경외에 가까운 애정을 거두어들이면서 나는 막연한 배
신감에 부들부들 떨기까지 했다. 작은언니가 우리를 버리고 떠났
을 때 큰언니의 빈정거림에도 불구하고 있을 만한 곳을 수소문하
고 다닌 것도 한 움큼이나마 채 거두지 못한 애정이 가슴 깊숙이
남아 있었기 때문이리라.

"여긴 어떻게 알았어?"

"가르쳐 주더라."

"큰언니?

"아니. 거긴 내가 내려온 줄 몰라."

"그럼?"

"센터에 들렀어. 낮에. 네가 적어 놓고 갔다면서 쪽지를 주더
라."

"내겐 언니 있는 곳을 가르쳐 주지 않던데? 여러 번 찾아갔었
어. 그때마다 딱 잡아떼더라."

"센터 자매들 탓이 아니야. 내가 부탁했으니까. 누구에게도 가
르쳐 주지 말라고 거듭 당부했거든. 네가 여러 번 다녀갔다는 건

전해 들어 알고 있었어."

작은언니의 행방을 묻기 위해 나는 여러 차례 그곳으로 갔다. 건물은 시골 공회당 같은 외관을 하고 있었다. 유니버시티 바이블 센터의 약칭을 새긴 현판이 눈에 띄었다. 문을 밀치고 들어서는 순간부터 눈에 보이지 않는 힘에 등이 떠밀리는 것 같았다. 집회에 참석 중인 사람들의 타인에 대한 보이지 않는 적의가 느껴졌다. 내 손짓 하나에도 그들은 경계를 늦추지 않았다. 그들에게 있어서 나는 사악한 바리새인에 지나지 않았을 테니까.

승주라고…….

누구에게랄 것 없이 나는 찾아온 목적을 이야기했다.

승주 씨완 어떤 사입니까?

강파른 인상의 남학생이 앞으로 쑥 나섰다. 의외로 굵직한 음성이었다.

동생이에요. 언닐 찾고 있어요.

보다시피 여긴 없습니다.

어디 있는지 여기선 알고 있을 것 아녜요? 주소나 전화번호라도.

모릅니다. 우리도 찾고 있습니다.

왜죠?

나는 따지듯 되물었다. 할 말이 궁했던 것일까, 남학생은 허둥대면서 허술하기 짝이 없는 답변으로 나를 밀어냈다.

216

그건…… 우리 모두 하나님 앞에서는 한 형제자매이기 때문입니다.

"낮에 왔다면서 여태 뭘 했어?"

"일이 좀 있어서……. 엄만 많이 좋아지신 것 같다."

작은언니가 슬그머니 말꼬리를 돌린다.

"그때보다야 훨씬 나아졌지만. 그보다, 일이란 건 뭐야?"

나는 작은언니를 놓아주지 않는다. 무엇인가 마음속에 감춘 채 털어 보이지 않는 것이 있으리란 짐작에서. 훌쩍 이 도시를 떠날 땐 언제며, 이제 와서 무슨 긴한 일이 남았다는 걸까. 엄마나 다른 가족과의 만남을 철저히 유보해 온 작은언니를 다시 이 도시로 불러들인 힘은 무엇일까.

"네가 어떻게 생각할지 모르겠다."

"웃긴다? 언니가 언제 내 기분 따위를 염려했다고?"

"너무 뾰족하게 굴지 마. 나중에 후회하려고."

"언니가 엄마를 버렸다는 사실을? 아님 이렇게 돌아와 마주 앉아 있다는 사실을?"

"여기 오면서 무척 망설였어. 결국 오고야 말았지만."

작은언니는 또다시 손목시계를 들여다본다.

"이젠 가야겠어."

"이 시간에?"

"그래."

"너무 늦었어."

애초부터 길게 머무를 계획이 없었는지 작은언니의 소지품은 조그만 손가방이 전부다.

"겨우 시간을 냈어. 밤차로 돌아가지 않으면 내일 일에 지장이 생겨."

"그렇게 바빠? 엄마 곁에서 하룻밤도 못 잘 만큼?"

"내가 좋아서 맡은 일들이니까 힘들진 않아. 성경 공부 모임에 참석해야 하고 유치부 아이들을 돌봐 줘야 해."

작은언니의 얼굴이 자랑스러움으로 빛난다.

"그럼, 미싱 일은 언제 하는데?"

"미싱 일을 한 지는 얼마 되지 않아. 사실은……."

작은언니는 무슨 말인가를 할 듯하다가 도로 입을 다물어 버린다. 그러더니 잠시 엄마의 머리맡에서 눈을 감았다가 뜬다. 기도를 올린 것일까, 작별의 인사를 한 것일까. 작은언니의 결심을 막을 도리가 없음을 알아챈 나는 먼저 부엌으로 내려서서 작은언니가 뒤따라 나오기를 기다린다.

"네가 고생이 많구나. 언닌 잘 지내지?"

"늘 그렇지 뭐. 가끔 규언이 데리고 엄말 보러 와."

"형부는 어때? 병원은 잘 돼?"

"그런 질문이라면 아까 했어야 되는 거 아냐?"

"그래, 거꾸로 된 감이 없잖다."

작은언니가 보는 데서 자물쇠를 채운다. 이미 방치된 상태의 엄마를 한 번 더 감금하는 의식이 예외 없이 진행되자 등 뒤에서 작은언니가 낮게 신음한다.

"나도 이렇게까지 하고 싶진 않지만, 어쩔 수 없어. 걸을 수 있게 된 다음부터는 자꾸 나가려고 하니까. 밖에 나가더라도 돌아오기만 한다면야 굳이 이러지 않아도 되는데, 엄만 그렇지가 못해. 길 잃은 엄말 파출소에 가서 데려온 적도 있어."

"저렇게 방 안에만 계시니?"

"저녁마다 산책을 나가. 날씨 궂을 때만 빼고. 엄마에겐 가장 기다려지는 시간일 거야."

작은언니와 나는 나란히 골목을 빠져나온다. 거리는 캄캄하다. 아직 철시(撤市)를 하지 않은 상점의 불빛만 몇 점 섬처럼 떠 있다.

"너도 곧 졸업이겠구나."

극히 짧은 순간 회오(悔悟)의 여운이 남는다. 작은언니는 마지막 학기를 끝내지 못했다.

"다음 주부터 기말 고사야. 시험 끝나면 슬슬 논문 준비나 해야지. 여름 방학 동안 초안을 잡아 둘 작정이야."

"졸업하고 나면?"

"당분간은 보류. 현재 상태로는 계획 수립이 불가능해. 회사 문제도 여태껏 질질 끌려 다니는 중이고, 엄말 모실 사람도 없고. 어젯밤엔 오빠가 다녀갔어."

"오빠는……."

작은언니는 금세 목이 메어 말을 잇지 못한다.

"많이 달라졌어. 장갑도 끼지 않아. 그건 그렇고, 막차에 대어
갈 수 있을까?"

작은언니는 하염없이 고개를 끄덕인다. 전자에 대한 긍정인지,
후자에 대한 긍정인지 가늠하기 어렵다. 중요한 것은 지금 작은언
니가 두 번째로 떠나려 한다는 사실이다.

작은언니가 우리에게서 떨어져 나간 것은 엄마의 의식이 회복
된 뒤의 일이었다. 가망이 없다는 담당의의 선고를 비웃기라도 하
듯 엄마의 두 눈이 번쩍 뜨여졌을 때, 작은언니는 이미 그 자리에
없었다.

"다시는, 돌아오지, 않을 거야."

작은언니가 스타카토로 말한다. 나는 그 말을 얼른 알아듣지 못
한다. 작은언니는 한 번 더 같은 말을 또박또박 되풀이한다.

"다시는, 돌아오지, 않는다구."

"아무러면 어때. 어차피 언닌 떠날 텐데."

작은언니는 더 이상 말을 하지 않는다. 작은언니가 우리를 외면
했듯 이제는 내 편에서 작은언니를 외면할 때라고 매몰차게 생각
한다. 아무 소용없는 신경전이란 걸 번연히 알면서도 날 세운 비
수를 좀체 누그러뜨릴 수가 없다.

묵묵히 걷는다. 버스 정류장이 가까워올수록 우리의 걸음은 약속이나 한 듯 느려진다. 미진한 그 무엇이 남아 있음일까. 아쉬움이 있다면 무엇에 대한 아쉬움일까. 작은언니는 미련을 숨기듯 간혹 발을 헛딛고, 그럴 때마다 내 귀엔 마음 한구석 튼튼히 쌓아 올린 옹벽이 와르르 무너지는 소리가 들린 것 같다.

"가을쯤 출국하게 될지도 몰라. 그래서 몇 가지 서류가 필요했던 거야."

"출국이라니, 어디로?"

나는 내 귀를 의심한다.

"중남미나 아프리카로."

"무슨 자격으로 가는 거야?"

"해외 취업 형식으로 출국하지만 주목적은 선교 사업에 있어. 미싱 일을 배우는 것도 그 때문이야."

"말도 안 돼. 그건 유린이야. 선교라는 미명 아래 자행되는 착취라고."

그러나 작은언니는 깃발을 흔들듯 달려오는 헤드라이트를 향해 손을 흔든다. 마치 불빛을 보고 달려드는 하루살이처럼. 버스에 오르기 전 작은언니는 재빠르게 덧붙인다.

"난 가. 가서 다시는 돌아오지 않아."

버스는 작은언니를 싣고 출발한다. 긴 여음이 남고, 패잔병처럼 내가 남는다. 견딜 수 없는 설움이 온몸을 휘감는다.

아, 엄마. 이제 그만 잠을 깨요. 제발 이 결박을 풀어 줘요.

나는 소리 없이 허물어진다.

10

방문을 걸었던가.

후문으로 이어지는 비탈을 거의 다 올라설 즈음에야 생각이 그에 미친다.

달라진 것은 없다, 전혀.

엄마는 여전히 붉은 오줌을 누고, 먼 나라로 들들들 재봉틀을 돌리러 떠난 작은언니는 다시는 돌아오지 않을 것이다.

어느 날엔가 나는 정말 방문 잠그는 일을 잊을지도 모른다. 그리하여 어머니는 훨훨 새처럼 날아가 버릴지도…… 모른다.

『다시 갈림길에서』, 판, 1990.

정길연 연보

1961년　　　　부산 구포 출생.

1963년(2세)　아버지 여읨.

1967년(6세)　부산 혜화국민학교 입학.

1970년(9세)　가을, 건강상의 이유로 구포국민학교로 전학.

1973년(12세)　구포여중 입학. 한 학기 후 동래여중으로 전학. 이후 중
　　　　　　　학교 3학년 때의 암담한 기억을 소설 「과녁」에 완곡히
　　　　　　　묘사.

1976년(15세)　동래여고 입학. 창작 활동 시작.

1977년(16세)　고등학교 2학년, 시 창작이 문제가 되어 담임과의 불화
　　　　　　　로 1년 동안 휴학.

1978년(17세)　복학.

1979년(18세)　고3이라는 각박한 현실과는 무관하게 읽기와 쓰기에 본
　　　　　　　격적으로 매달림.

1980년(19세)　원하던 대학 진학 실패 후, 서울에서 백수 생활 시작.

1981년(20세)　선배의 권유로 서울예전 문예창작학과에 입학. 시인 정

현종과 소설가 최인훈에게 배움. 가을, 어머니가 뇌일혈로 쓰러지면서 파산하여 경제적 어려움을 겪음.

1984년(23세) 결혼. 그때까지 몰두하던 시 쓰기에서 소설 쓰기로 전환. 중편 「가족 수첩」으로 『문예중앙』 신인문학상 수상.

1985년(24세) 『문예중앙』에 「가족 수첩」 게재. 단편 「순장」, 「투망」 발표. 「소설시대」 동인 모임.

1986년(25세) 단편 「빈혈」, 「겨울걷이」, 「갈림길에서 1」 발표.

1987년(26세) 단편 「갈림길에서 2」, 「모해」, 「과녁」 발표.

1988년(27세) 단편 「다시 갈림길에서」, 「유적」, 「그림 맞추기」 발표. 첫아이 온누리 출산.

1990년(29세) 10년째 와병 중이던 어머니 작고. 소설집 『다시 갈림길에서』(판) 출간.

1996년(35세) 「숲의 나무」로 『평화신문』 평화문학상 소설 부문 수상. 아들과 분가.

1997년(36세) 첫 장편 『내게 아름다운 시간이 있었던가』(민음사) 출간.

1998년(37세) 장편 『변명』(이룸) 출간.

1999년(38세) 장편 『종이꽃』(이룸) 출간.

2000년(39세) 장편 『사랑의 무게』(이룸), 장편 『가끔 자주 오래오래』(중앙M&B) 출간.

2002년(41세)   장편『그 여자, 무희』(이룸) 출간.

2003년(42세)   소설집『쇠꽃』(문이당) 출간.

2006년(45세)   장편동화『정혜 이모와 요술 가방』(아이들판) 출간.

2007년(46세)   장편『나의 은밀한 이름들』(향연) 출간. 현재 한양여자
　　　　　　　　대학 문예창작과 출강.

가족 수첩

초판 1쇄 인쇄일 · 2007년 9월 5일
초판 1쇄 발행일 · 2007년 9월 10일
지은이 · 정길연
펴낸이 · 임성규
펴낸곳 · 문이당

등록 · 1988. 11. 5. 제 1-832호
주소 · 서울시 성북구 동소문동 4가 111번지
전화 · 928-8741~3(영) 927-4990~2(편)
팩스 · 925-5406
ⓒ 정길연, 2007

홈페이지 http://www.munidang.com
전자우편 webmaster@munidang.com

ISBN 978-89-7456-382-0 43810